A Lady's Life
in the Rocky Mountains

山旅书札

〔英〕伊莎贝拉·博德 著　　王知一 译

人民文学出版社
PEOPLE'S LITERATURE PUBLISHING HOUSE

图书在版编目(CIP)数据

山旅书札/(英)伊莎贝拉·博德著;王知一译.
—北京:人民文学出版社,2016
(远行译丛)
ISBN 978 - 7 - 02 - 011953 - 0

Ⅰ.①山… Ⅱ.①伊… ②王… Ⅲ.①书信集-英国
-近代 Ⅳ.①I561.64

中国版本图书馆 CIP 数据核字(2016)第 197333 号

出 品 人　黄育海
责任编辑　朱卫净　潘丽萍
封面设计　汪佳诗

出版发行　人民文学出版社
社　　址　北京市朝内大街 166 号
邮政编码　100705
网　　址　http://www.rw-cn.com
印　　刷　山东临沂新华印刷物流集团
经　　销　全国新华书店等
字　　数　141 千字
开　　本　890 毫米×1240 毫米　1/32
印　　张　7.75　插页 5
版　　次　2016 年 11 月北京第 1 版
印　　次　2016 年 11 月第 1 次印刷
书　　号　978-7-02-011953-0
定　　价　39.00 元

如有印装质量问题,请与本社图书销售中心调换。电话:01065233595

1. 伊莎贝拉·博德,这张照片取自她的一本著作的封面

2. 埃斯特斯公园

3. 马难以落脚之地

4. "大火山口"(以照片为蓝本绘成)

5. 朗斯峰的"火山岩床"(以照片为蓝本绘成)

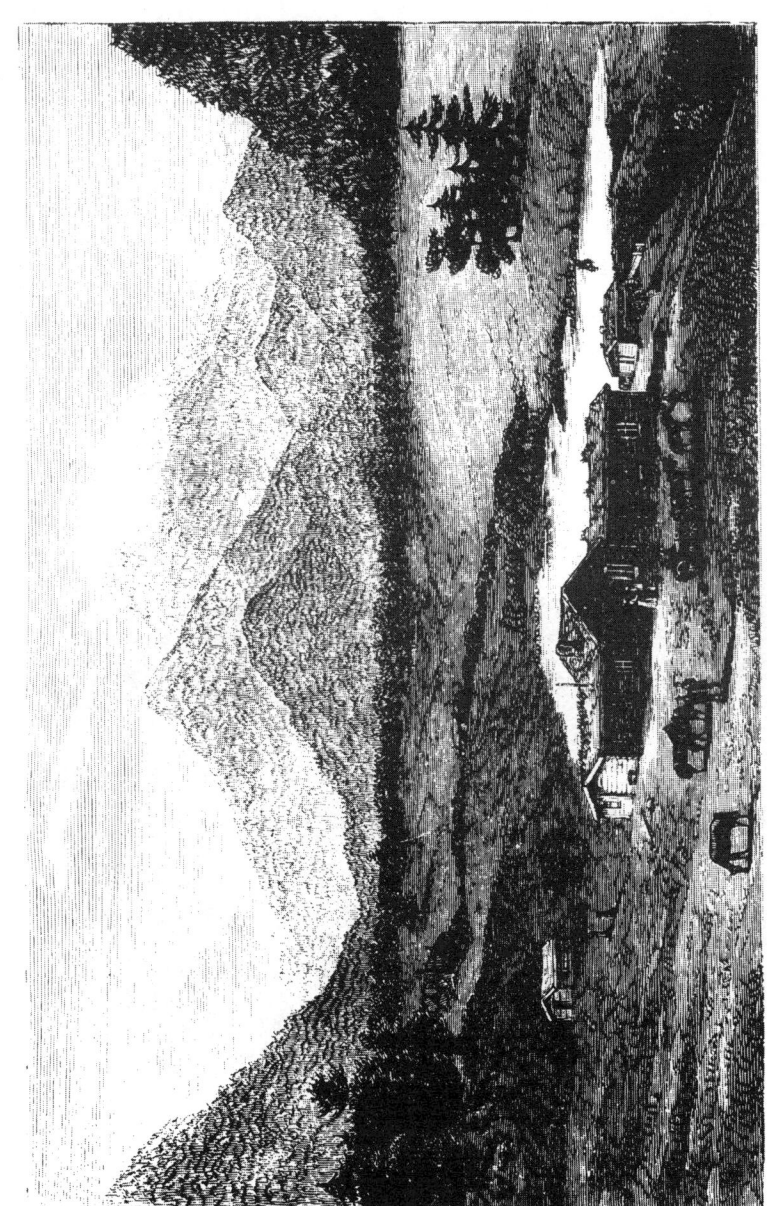

6. 我在落基山的家（以照片为蓝本绘成）

7. 印第安人的营地（以照片为蓝本绘成）

8. 大分水岭（以照片为蓝本绘成）

9. 身着夏威夷骑装的伊莎贝拉·博德

谨以此书
献给我的妹妹

她是这些信的原始收信人，
现在，我要将它们献给她。

目 录

1　前言
1　再版前言
1　三版前言

1　第一封信
13　第二封信
19　第三封信
31　第四封信
38　第五封信
56　第六封信
73　第七封信
89　第八封信
107　第九封信
124　第十封信
142　第十一封信
153　第十二封信
164　第十三封信

174　第十四封信
183　第十五封信
196　第十六封信
206　第十七封信

215　附录一　伊莎贝拉·博德小传
222　附录二　地名对照表

前　言

这些书信，由它们的形式可以明显看出，在当初着笔时，完全没有要出版的意思。去年，应《休闲时刻》编辑的要求，在该杂志刊出，极受欢迎，于是我决定以另一种形式将它们出版，作为极有趣味的旅游经验，以及急速消逝的拓荒生活的一个记录。

伊莎贝拉·露西·博德[①]
一八七九年十月二十一日

[①] 作者全名为伊莎贝拉·露西·博德，婚后随夫姓毕晓普，简称为伊莎贝拉·博德。

再版前言

为了其他女性旅者的利益,我希望对我的"夏威夷骑装"加以解释,那是一种"美国女子的山居装束"——一件半长的紧身外衣,一条长及脚踝的裙子,以及土耳其式长裤,裤脚束成皱褶盖在靴子外面——一套实用的女性装束,完全适用于登山及在世界任何地方跋涉旅行。我在此加以解释,并附以素描的原因[1],是由于十一月二十二日的《泰晤士报》的错误描述[2]。

伊莎贝拉·露西·博德
一八七九年十一月二十七日

---

[1] 请见第九幅插图。
[2] "为了方便,她穿着男装。"

三版前言

由于不小心遗漏了我在落基山区逗留的日期，我要借此机会加以说明。我是在一八七三年秋天至初冬时节，由三明治群岛①回英国途中，在那儿逗留。信中所书，是对当地及六年前该处生活方式的忠实描述；不过，由一些六个月前曾到过科罗拉多②旅游的朋友处得知，我第八封信中的预言很快就应验了。小木屋已快速被农舍取代，埃斯特斯公园的露湿草地上也失去了麋鹿和大角野羊的踪迹。

伊莎贝拉·露西·博德
一八八〇年一月十六日于爱丁堡

---

① 三明治群岛，美国夏威夷群岛的旧称。
② 科罗拉多，美国中西部一州，首府丹佛。其东部为一八〇三年经由路易斯安那购地案购自法国，西部则为一八四八年得自墨西哥，一八五八年发现金矿后居民人数骤增，一八六一年成为准州，成立了地方政府，十五年内换了七任州长，没有一任服满四年任期。一八七六年美国独立百年后加入联邦，成为美国第三十八州，故又称"百年州"。本书作者于一八七三年秋天至此旅游，此时这里还是个不属于美利坚合众国的未开发地区。

第一封信

塔霍湖，九月二日

我找到了梦想中的美景，一个人们可能穷其一生都在寻找而且赞叹的地方。它并不如桑威奇群岛那样可爱，却有其独特的美！一种纯北美式的美——缀着白雪的山脉，高大挺拔的苍松、红桧、糖松和银枞；晶莹透明的空气，层层叠叠浓郁的山色；以及一面苍松倒悬的湖，湖面映着山青天蓝美丽的倒影。塔霍湖就展现在眼前，湖面二十二英里长、十英里宽，有的地方深及一千七百英尺。它坐落在六千英尺的高处，周围环绕着八千到一万一千英尺白雪覆盖的山峰。那儿的空气爽利而强劲。除了远处传来的乐铃般刀斧砍伐声之外，四周一片寂静。

此情此景，即使只是想象回到了喧闹的旧金山，都使人疲惫不堪。昨天在清冷的晨雾中，我搭车离开了塔霍湖，前往奥克兰渡口。一路穿过路旁堆满了无以计数的瓜果的街道，包括：哈密瓜、西瓜、番茄、黄瓜、丝瓜、梨、葡萄、桃、杏——个头全都大得惊人，是我前所未见的。其他的街道也都堆满了一袋袋的面粉，整夜留置在户外，在这个季节不必担心会下雨。我匆匆走过旅程的前半段，没时间留意周遭的一切。渡过金山湾时，清冷的晨雾有如十一月的天气；堆满"餐篮"的车辆看起来像是去参加野宴的车队。最后一次回首凝望这看了将近一年的太平洋，火红的太阳，艳丽的天际，还有人们不称为干旱的漫长"无雨季"，山谷两旁的毒橡木为山谷抹上一片酒红，烟雾迷蒙中的葡萄园，叶间一串串浓郁的紫色果实，以及躺在尘沙地上蔓藤间的肥大瓜果。在无止境丰收的田边，稻谷已在六月收成，现在一袋袋堆在小径上，等待运送。加利福尼亚是片"流着蜜与乳的土地"，谷仓爆满。尘沙飞扬的果园中，苹果及梨的枝干必须辅以支架，才不会被累累果实的重量折断；硕大的西瓜、番茄、丝瓜落在地上，几乎没人理睬；肥壮的家畜饱餐后，躲在橡树下乘凉；高大俊美的"红鬃"马，毛色闪闪发光，这身光泽并不是因为照料得宜，而是因为马儿身强体壮，自然毛色焕发。这里的每一块农田，都显示出这个"黄金之州"的欣欣向荣。然而，不论多么富裕，萨克拉门托河谷却毫不吸引人，萨克拉门托市也使人厌倦；它距离太平洋一百二十五英里，海拔只有三十英尺；即使是阴凉处，水银柱仍高达一百零三度（约三十九点五摄氏度），白色的细尘也令人窒息难耐。

傍晚前，我们开始攀登内华达山脉，它的锯齿状山尖，好几英里外就可以看见。肥沃的大地已被抛在身后，山野变得多岩并布满碎石，夹带着山上金矿冲刷下来泥沙的溪流，在岩石上留下深深的刻痕，把泥沙带到泥尘更多的萨克拉门托。长而断续的山脊及深谷开始出现，然后，当我们登上了空气清新凉爽的地方时，山脊变得越来越长，山谷则越来越深，松柏也越来越浓密高大。下午六点前，最后一丝文明，最后一株阔叶木，都已留在身后。

我在两千四百英尺高的科尔法克斯车站下车散步，走过火车车身的全长。迎面而来是两座俗丽的车头——灰熊与白狐，它们各自衔接着载满原木的煤水车，车头的排障板上方各有一盏大型反光灯，一堆擦亮的黄铜制品，宽大的玻璃屋，以及供驾驶员垫坐在厚实座位上的椅垫。车头及煤水车后紧跟着行李车、邮车，以及富国银行①的货车，后者装满了金条、银块及贵重的包裹，由两名"列车管理员"守卫。每一节车厢有四十五英尺长。再接下来是两节装满桃子及葡萄的车厢；然后是两节"银宫"车厢，各有六十英尺长；后面是一节吸烟车厢，里面坐的大部分是中国人；跟着是五节普通客车厢，都有着相同的平台；全部加起来，这列火车一共有七百英尺长。前四节车的平台上，挤满了掘食族印第安人②及他们的妻子和工具。他们个子矮小，我想平均高度大约五英尺一英寸（一百五十五厘米），鼻子扁平，嘴巴宽阔，黑发在眼睛上方剪成整齐的刘

---

① 富国银行，一八五二年三月成立，原从事加州到美国东部之间的运输和银行服务业务，后扩大到西部和拉丁美洲。
② 掘食族印第安人，以掘食树根等维生的北美印第安人一部落。

海，其余则披挂下来。印第安妇女以厚厚的松脂浆平头发，从两颊越过鼻梁，涂上一条宽宽的绘饰，把婴儿用板条绑在背上。他们不论男女，都穿着褴褛肮脏的粗糙毛布及兽皮做成的衣服，足履毫无装饰的鹿皮靴。他们个个面目可怖，脏、臭，身上爬满了虱子。男人都带着短弓及箭，其中一人似乎是首领，有一个山猫皮制的箭囊。少数几人带着鱼钩，可是旁边的人说他们几乎以蚱蜢为生。他们是人类万能文明中最落伍的一群。

落日的霞光在那时罩上了内华达山脉，夜露凝聚，静止的空气吐出甜美的芳香。单轨铁道有部分路段开凿自山侧狭窄的岩壁，这是由山顶用篮子把人徐徐降下去，挂在两千到三千英尺深的山壑上挖掘出来的。巨大的火车依轨"蜿蜒蛇行"而上，偶尔在几间木板屋前停下，有些停驻点只见一间小木屋，以及屋外几个徘徊溜达的中国人，没有什么可看的东西，倒是山涧两旁的小径，分别指向上下两方的金矿地带，值得一访。有些地方铁道弯曲得十分厉害，由车窗望出去，只能看见火车一小部分的车身。在霍恩角，铁道沿着两千五百英尺深的悬崖边缘盘旋而上，过程简直惊心动魄，每个人都吓得屏息闭目。但我觉得这段路还算好，反而是通过一座架在大角度急转的山壁断层上的桥梁时，才令我十分害怕。这座桥完全被车身挡住，以至于向下望去时，感觉上火车像是直接行驶在荒凉原始的峡谷之上，其下万丈深处，有急湍奔流。

我们一步步接近山巅冷冽刺骨的冷空气，颤抖地越过了内华达山脉，进入一道道"雪棚"般的木廊，足足延展了五十英里长，其中一道"雪棚"长达二十七英里。我们完全看不见如西洋镜般奇幻的美景，对有"内华达山脉之珠"荣衔的可爱的唐纳湖也无法瞥上一眼。数小时之内，水银柱由一百零三度降到二十九度（约摄氏零下一度半），我们约在一百零五英里中上升了六千九百八十七英尺！经过木廊之后，我们清楚地看到几处松林大火，在晚上十一点，抵达特拉基，总共行走了两百五十八英里。特拉基是内华达山脉的"伐木区"中心，是人们口中"一个杂乱的山镇"。W先生告诉我，这一区所有的暴徒都聚集在这里，夜晚的酒店时有枪战等等，不过他坦白，女士在这儿仍是受到尊敬的。G先生大力建议我留下来欣赏这里的湖光山色。我昏昏然走出车厢，羡慕卧车中的旅客，此刻他们已在舒适的车厢中睡得不省人事。车厢缓慢移到街上——如果那块有铁道交错的宽阔空地可以称为街道的话——月光下，街上四处散放着锯切树木时余留下的断干残枝，以及一摞摞堆砌锯好的木块，其间错落着一些檐板歪曲的尖顶板屋，板屋的大门大多敞开着，屋内灯火通明，挤满了寻欢作乐的男人。我们停在一间简陋的西式旅店半敞的大门前，那是间挤满了抽烟喝酒的客人的酒吧，于是一时间，车厢与酒吧之间开始流动着大批闲逛的人及乘客。轨道上，火车的引擎发出长鸣，缓缓推移，它们头上巨大的灯光，使山边阵阵燃烧的森林火光显得黯然失色。在大块空地上，松木的营火熊熊燃烧着，一群人围绕营火而坐。一组乐队喧闹地奏乐，邪恶的长筒手鼓声就在不远处。

内华达山脉——许多炉边之梦出现的山脉——似乎把这个小镇包围住了，巨大挺立的松柏清晰地映在布满清冷月光与闪闪星辉的夜空。

在这么高的海拔，天寒地冻，冷风刺骨。当一名似乎是旅店派出的"无法约束的黑人"，把我及我毡制的行李包安置到一间所谓的"客厅"时，我十分高兴炉中仍然有些松木碎块在燃烧着。一名男子走了进来，说火车走后他会替我找个房间，不过旅店几乎都已客满，可能没有什么好房间了。客厅里挤满了清一色的男客。此刻已是晚上十一点了，从早上六点开始，我一餐也没吃。当我以渴望的语气问道是否可以有餐热饭及茶时，他告诉我，这种时间已经不可能有餐饭了；不过半小时后，那人回来了，带了一杯淡而无味的冷茶，以及一小片似乎已被许多人碰过的面包。

我问那个黑人杂役，是否能租到马，从酒吧立刻走来了一名男子，说他可以提供我的需要。此人是个典型的西部拓荒者，欠了欠身后，一屁股坐进摇椅，把痰盂拖到身边，切了块新鲜的口嚼烟草，起劲地嚼了起来，还一面把他那双满是污泥、塞着裤脚的长筒靴跷到火炉上。他说，他有既能"慢跑"又能疾驰的马，还有女士们较喜欢的墨西哥座鞍，可以让我在独自驰骋时确保安全。旅途规划确定后，我租了两天的马。这人佩戴了一个最初期移民加利福尼亚先锋的徽章，可是一旦某地对他来说变得过于文明时，他就又迁移到另一个地方。"可是，"他又说道，"特拉基不太可能再有什么改变。"后来有人告诉我，这里的人不太管正常的睡觉时间。对一个有两千人口①，而且大多是男人及临时驻足旅人的小镇而言，可供住宿的地方实在是太少了；这里的床位，一天二十四小时之内几乎都有人占据。因此我发现，指定给我的房间及床铺都十分杂乱，到处挂着男人的外衣及手杖，脏污的靴子四处散置，屋角还有一管长枪。房间没有窗户可以透进外面的空气，可是我睡得很好，只有一次被一连串的喧闹声及连发三响的枪声吵醒。

今天早上，特拉基又呈现了一种完全不同的面目。昨晚的人群不见了，营火也只剩下一堆灰烬。一名瞌睡兮兮的德国侍者似乎是屋中唯一的人，开张的酒吧里几乎空无酒客，所谓的街道上也只有少数几个一脸睡意的人闲散晃荡着——也许是因为星期天，可是他们说那会带来更多的人群及欢闹。公开的礼拜此时已绝迹，星期天也不工作了，这一天完全用来享乐。我放了些必要的东西在袋中，在丝绸裙上又套上夏威夷骑装，外加一件宽大的罩衫，轻轻穿过"广场"溜到马房。那间马房是特拉基最大的建筑，有十二匹马分别安置在宽阔的车道两旁的马厩中。前一晚的朋友给我看了三个几乎没有鞍头的绒垫侧骑马鞍，他说有些女士会用墨西哥鞍的鞍头，可是在"这个区域"没有人以这种随性的方式骑马。他的说法令我感到困窘不安。若采用传统的骑马方式，我势必没法走远。就在我准备放弃这趟美好的"践踏"之旅时，这人又说道："如果在世界其他地方

---

① 依据奈尔森的《中太平洋铁路指南》的数据。——原注

人们可以随心所欲，那么在特拉基，你也可以用你自己的方式骑马。"真要为特拉基欢呼！随即有匹漂亮、高大的灰马被牵了出来，马背上铺着缀有银饰的墨西哥鞍，马镫上垂着皮穗，背上罩着一块黑熊皮。我把丝绸裙系在马鞍上，把罩衫收进小箱篮里，在马主人想出如何让我上马之前，我已经安然骑上了马背。马主人和一旁聚集的闲杂人都没有流露出丝毫惊诧的表情，倒是一副十分佩服的模样。

一旦上了马背，我的羞涩一扫而空。我穿过特拉基不规则的尖顶房舍及简陋小屋，这些房屋坐落在山边的空地，高山森林环绕，像是暂时的营地。穿过太平洋铁路后，沿着蜿蜒的特拉基河走了十二英里。这是一条清澈的山间急流，河中搁浅了许多锯好的松木，等待下一次涨潮时可以顺流而下。冰冷的河水喧闹作响，岸边没有下垂的青蕨或葛藤，急湍中植物的翠绿叶片也褪了色。周遭的一切都与明亮的天空和空气一般清澈，一直要到加利福尼亚后我才看到的闪亮阳光，再加上迎面拂来的强劲空气，把所有的疲乏一扫而空，赋予人无穷的精力。在特拉基的两侧，山脉像高墙般升起，山上林立的巨型松柏，如城堡，如布阵，如裙裾，如冠帽般铺天盖地四处蔓生。山墙偶尔分开，露出白雪覆盖的巅峰，耸立在蔚蓝无云的天空中。在这六千英尺的高处，你至少必须不讨厌针叶植物才行，因为此处除了有些松柏被砍除的地点长了些白杨，或者山涧的低岸边冒出些河杨之外，放眼所及，就只剩矮灌木、覆盆子、醋莓、野葡萄及湍流，其他就一无所有了。不过在特拉基附近是连这些都不长的,我的双眼饱览了一趟巨松翠柏的飨宴。这些松树虽然没有约塞米蒂公园①的威灵顿尼亚红木那么巨大,却也十分高大,约有两百五十英尺高,粗大的树干呈暖红色,挺直耸立,干身的三分之一完全没有枝干,树干直径有七到十五英尺。它们的外形颇似落叶松,不过松针长而色深,松果有一英尺长。这些松树直冲云霄,劈开天空,只要遇见平坦的地势就一路延展下去;它们与特拉基或呈直角,或交叉横卧,十分壮观。到处都是树木的残枝断根。山上平坦的"童山濯濯"之地,显示了该处有树木被砍伐成"断木",然后这些树干会被丢入河中,顺流而下。对他们而言,这片原始区域属于本地散居的少数居民,伐木人尖锐的刀斧砍伐声,早已与山中野兽的吼叫声,以及山间急流的奔腾巨响混杂在一起。

　　小径是天然的软泥篷车道,在上面骑马很舒服。这匹马对我来说太大了一点,而且喜欢自作主张;不过偶尔路况允许,我试着让它"大步慢跑",还蛮有意思的。一路上,我没有遇见任何人,只碰到一辆载了二十二头牛的载货篷车,由三名俊美的年轻人驱赶着;交会时,他们颇为困难地让路给我通过。走了十英里路后,我走上一个陡坡进入森林,接下来小径突然急转,穿过生长在山谷中的大片暗蓝松林,谷中还躲藏了一湾清溪。跟着便瞥见两座山头,约有一万一千英尺高,灰色的山峰全是白雪。那是一幅令人惊叹的美景,美得让人不觉想弯身膜

---

① 约塞米蒂公园,位于美国加州中东部。

拜上苍。森林很浓密，有一些矮小的针枞及灌木，可是马儿开始显得烦躁不安，而且有些"害怕"，于是我打消了抄捷径的念头，悠闲地坐在马上，收紧马镫。突然，一只毛茸茸的巨大黑兽在我面前纠结的树丛中站了起来，对着我咆哮。我只瞥了一眼，以为自己看到的幻象是只野猪，但那却是如假包换的熊。马儿喷着鼻息狂跳起来，似乎要冲下河去，却不期然地掉转回头，狂跳着奔上一个陡坡；等到我发现自己会摔下来时，我朝右翻下，因为那侧的地面高出很多，不至于摔得太重。我爬了起来，浑身是泥，心中并没有恐惧，身上也没有瘀伤，只是又好气又好笑。大熊朝一边跑去，马朝另一边奔驰。我急急向马儿追去，它停下两次，可是每当我到了它面前，它又转身跑掉。带了满身泥泞走了一英里左右，我先捡到了坐毯，然后是我的背包，最后终于来到它面前，它看着我，浑身颤抖个不停。我以为这次可以逮住它了，可是当我走上前去时，它又转身，踢了几次后蹄，朝小径一路冲下去，绕着圈子不停飞奔、冲撞，踢踏了好一阵子，然后甩出蹄，像是迎接最后的挑战，随即朝特拉基的方向疾驰而去，马鞍挂在它肩上，木马镫在它身侧晃荡，而我则垂头丧气地背着背包，抓着坐毯，带着全身的污泥继续跋涉。

　　走了将近一个小时，我又热又饿，十分欣喜地发现那支牛车队停在前面的隘道顶端，一名车夫牵着马向我走来。这名年轻人说，看到马跑过来时，他们将整队车打横摆在路中间，好不容易才把马拦下来。他们记得有位女士曾经骑着这匹马经过他们，他们怕发生了意外，刚在自己的马上放了马鞍准备来找我。他拿了些水让我洗去脸上的泥泞，并帮我把马鞍系好，可是那畜牲又踢又嘶了好一会儿，才让我骑上去。由于马儿的步履显得紧张胆怯，那名车夫于是陪我走了一段路，确定一切"没问题"后才离去。他说，塔霍湖附近最近有很多棕色或灰色的熊出没，可是并没有伤人。我让马小跑了一长段路，超过我刚才摔下马的地方，好让它安静下来，但它一直很不安分。

接下来的景色变得更加神奇了，而且充满生命力。头顶羽冠的蓝鸟在深暗的松林间穿梭，上百只松鼠在林中到处跳窜，红蜻蜓有如闪烁的"灯泡"，美丽的花栗鼠在小径两侧跑来跑去，不过只有各处蔓生的蓝色羽扁豆使我想起了纯洁的孩童。然后，河流变得平缓而宽阔，清澈如镜的河水映着高耸的松树倒影，笔直如箭，艳黄浓绿的青苔地衣紧紧攀附在树枝上，冷杉木和胶枞夹杂在林间。隘道渐宽，群山环绕、糖松俯视的塔霍湖呈现在我眼前，如诗如画，湖缘的裂口形成了水湾及岬。正午的阳光在群山间焕发出璀璨的笑容，一如十五年前只有捕兽者及印第安人知晓这地方那样，全然的原始动人。只有一个人终年住在这里；十月初，湖边的少数居民就收拾离去，这以后的七个月，除非穿上厚重的雪靴，否则无法在此涉足。即使入冬，塔霍湖也不会结冰。在湖边的浓密森林及山脉底部三分之二林木贫瘠的地方，有许多动物族群：灰熊、棕熊、狼、麋鹿、鹿、花栗鼠、貂鼠、山貂、鼬鼠、狐狸、松鼠及蛇。在湖边，我看到了一个不成形的小木屋酒店，门口停了一辆运材车，上面躺了一具灰熊的尸体，是今天早上在屋后射杀到的。本来我打算再走十英里路，可是发现小径有些路段躲在丛林后不可见，而刚好我也为塔霍湖的静谧美景深深着迷，于是决定继续留在这里素描写生，或由小木屋的阳台饱览附近的景色，或单单在林中漫步。在这种高度，一年四季每晚都会降霜，我的手指全都冻僵了。

美景令人狂喜。落日已西沉，悬在西侧岬湾上方的松树全染上了一层靛蓝，湖水的红光使树间幽暗处变成了深紫色调。此时山巅仍沐浴在阳光下，仍是亮丽的玫瑰红，另一边的山脉则呈现出粉红色泽，连远处白雪覆盖的山巅也染上粉红的光彩。靛蓝、酒红、橘黄的缤纷天色，为巍峨松树下的幽暗平静湖水，增添了另类色彩。一个钟点后，一轮圆月——不是苍白扁平，而是明亮立体的圆月——由暗红的天空升起。日落带来了不同阶段的美，各种璀璨的光彩，从缤纷绚丽，凄恻柔和，然后进入了幽远梦幻的安详休憩。继之而起的是庄严深远的月光，只有芳香树林中偶尔传来的野兽夜嚎，打破这片静谧。

第二封信

怀俄明① 夏延镇,九月七日

当寒夜降临,客厅中的火炉吸引了所有的人。一名来自旧金山的女人,浓妆艳抹,珠光宝气,身穿镶着布鲁塞尔蕾丝花边的翠绿丝绒装,正被同伴逗得花枝乱颤,咯咯笑个不停。她一口浓重邪气的西部鼻音腔说东道西,毫无顾忌。由于进出越来越容易,最近几年入夏后,塔霍湖就挤满了这类言谈粗俗的人。我承认,我们国家确实有部分妇女是来美国找"适合的汉子"——我有预感自己会成为此女子下一个开玩笑的目标,因此当看起来像英国贵妇的女老板,邀我加入酒吧间与她家人闲聊的阵营时,我大大松了一口气。我们谈到了附近的环境以及野兽,特别是熊。森林中的熊不少,除非它们受伤、遭狗激怒,

---

① 怀俄明,美国西部的州,别称"平等州",首府夏延。一八〇三年透过路易斯安那购地案购自法国,但直到一八九〇年才加入联邦,成为美国第四十四州。

或者母熊以为你要侵犯小熊,它们似乎并不伤人。

晚上我梦到了熊,梦境逼真,直到醒来还觉得有个毛茸茸的东西卡住喉咙,不过我还是觉得神清气爽。早餐后,当我骑上马时,太阳已高高升起,凛冽清新的空气使胯下马儿的头脑也变清楚了;我骑着马坡上坡下乱跑,一点也不感觉累。真的,空气是生命的万灵丹。我愉快地回到了特拉基。这一路不像昨天那般清静,在森林的深处,马儿突然后肢立起,大声嘶叫。一只红棕色的熊及两只小熊在我面前穿过小径。我试着让马保持安静,免得母熊以为我要侵犯它那蹦蹦跳跳的小熊。我很高兴这一队笨拙的长毛动物终于渡过河去。接着我又遇到了一队人马,驾车的那名汉子停下来说,他很高兴我没有去科尼利恩湾,那条路难走极了,他希望我好好享受塔霍湖的风光。另有一对车夫拦下我,问我有没有看到熊。后来又有一个带着枪支的人,可能是个猎人,问我是不是就是昨天碰到一只"大灰熊"而"跌下马来"的那名英国游客。然后我又看到一名伐木工在河中的岩石上吃午餐,他"碰了碰帽檐"致意,并为我送来一口冰冷的溪水,可是由于那匹暴躁的马,我没喝到半滴;此人还摘了些我很喜欢的粉红色山花送我。我之所以提起这些小事,是要指出这个区域尊重女性的习惯。尽管这些男人对骑马独行的女士说话时,语气偶尔会轻浮随便,但是女性尊严,以及男人对女人的尊重,在原始的西部是十分重要的社交礼仪。

我的马十分不安分,于是我躲开特拉基的中心,偷偷由中国人的破屋区回到马厩,那里有一匹十七掌高的红棕色大马,可供我骑到唐纳湖。店主对我像西部高地人那样自得其乐地游荡很感兴趣，我问他附近是否有暴徒，傍晚出游是否有危险。人们传说，两天前有一个人路过特拉基，他马鞍后的袋子里装了个被剁成数块的死人；不管正不正确，这类恐怖的故事一直不断。此人回答说："是有一堆坏人，不过就是最坏的人也不会碰你一根汗毛。西部的人绝看不起抢劫妇女的人。"我必须爬上一只酒桶才上得了马鞍，坐定后，双脚只能碰到马肚子一半的地方。骑在上面，感觉自己像只苍蝇。这条路一开始沿着没有河流的山谷，不过潮湿的土壤孕育出一些沼泽草，是我在美国第一次看见的"绿草"；松树美丽的红色树干，挺拔地从大地昂然耸立起。我匆匆前行，唐纳湖突然出现在眼前，它的美完全把我震慑住了。湖面大约只有三英里长、一英里半宽，躲在群山间，除了几间废置不用的伐木工小木屋①之外，没有任何人住在那里。它的遗世独立使我心旷神怡。从离开特拉基到我回去，一路上没有看到任何人、兽或鸟。湖边突然升起的山脉覆盖着浓密的松林，松林中到处凸起奇形怪状的光秃灰岩石，或像城堡，或像针尖。对岸，穿过松林，大约六千英尺高处，可以看见一条上升的灰线，偶尔有不规则的隆隆声传出。这是太平洋铁道的一座防雪棚，使旅客完全无法看到展现在我面前的这一片美景。此湖以唐纳先生的姓氏命名。他与他的家人及一队要去加利福尼亚的移民，在一个秋天抵达特拉基河。由于受

---

① 观光客现在可以住在差强人意的山间小旅馆。——原注

到大群牛只的拖累，他让其他人先行，只留下自己和其他十六个人，包括他太太及四个孩子，在湖边扎营。第二天早上，他们发现自己被厚厚的雪包围住了，商量之后决定，除了身体不适的唐纳先生、他的太太，以及一名德国友人之外，其他人应带着马尝试越山而去。在经历了重重危险之后，他们成功走了出去；可是暴风雪延续了数周，救援队无法进入山区援救留下的三个人。第二年早春，当雪硬得可以行走时，一队人开始出发去寻找他们。大家认为他们应该还好好活着，因为有足够的牛只供他们吃食，在经过几个星期辛苦攀登内华达山脉之后，终于到达了唐纳湖。进入营地后，大伙推开简陋的大门，却发现那名德国人坐在火炉边，手中拿着一只烤熟的人臂正在啃食。救援队制止了他，好不容易才从他手中抢下那只手臂。很快地，救援队找到了那名女士的尸体，冻在雪中，少了一只手臂，不过肌肉仍然光滑美好，足见她死时健康并没有问题。救援队带着这名德国人回到加利福尼亚，他说唐纳先生秋天时就死了，而牛只全逃光了，他们只剩下一点点食物，当食物耗尽之后，唐纳太太也死了。这个故事从来没有多少人相信。事实后来慢慢泄漏出来，说这个德国人谋杀了唐纳，又凶狠地杀害了他的妻子，夺得了他们的钱财。然而一切都苦无证据，凶手逃脱了罪名，不过被逼迫把钱财交还给唐纳留下的孤儿。

当我骑马走向湖泊顶端时，心头充塞着这则悲惨的故事。此时，每一刻，景色都在变幻，变得更加壮观，更加无以名状的可爱。太阳落得很快，映着它金色光芒的是覆盖着绿色松林的巍峨山头，重重叠叠的山峰潜藏在氤氲的暗蓝色光影中，而漂成灰色的山巅，高尖似塔楼，盖着白雪，层叠于其上，闪着金光。那股蓝色的山影越来越幽暗，夜露已降，空气中飘散着芳香的气息，山巅仍然闪着生动的光芒，直到世界突然暗沉，留下一抹死灰。在山阴，又冷又黑，刺骨的冷空气环绕着我，孤寂霎时排山倒海向我袭来，逼迫我不得不掉转马头，朝特拉基的方向走去；我不时回头张望美得绝尘脱俗的灰暗山头。东边的景色每一刻都在改变，湖面却始终像"一张燃烧着的金纸"，特拉基则深陷在湖泊与深蓝山影之中，完全不可见。顷刻之后，似乎是色彩的嘉年华会登场了，我只能形容那是如梦如幻、似迷似醉，一种让人几乎无法承受的喜乐，一种温柔的痛苦，一种无法形容的渴慕，它是一种超自然的神秘音乐，充满爱与崇敬。它持续了一个多钟头，虽然眼前的小径已非常暗淡，载我来此的火车正在快速地爬越内华达山脉，我却只能以比走路快不了多少的速度缓缓前行。

　　东边的山脉已由本来的灰色变成粉红，接着加深成玫瑰红、酒红，然后一切就如空气般消失，变成了晶莹清澈的纯紫，而此时，重重的山巅及断续的松林也在一瞬间变成深浓的蓝影，这一切变幻的奇异效果，使周遭环境幻化成一幅完美的图画。这幅图画又变得更深、更红，影物融成更加不可思议的景象，而松林下的世界已是夜晚。这样又过了一小时，多彩的山巅终于也与其他山脉一样，归于死寂。许久之后，西天只留下了些许清冷的金霞，衬着纯净天际的是清晰的松影，而东方隐隐流动的玫瑰红光影中，一轮巨大的圆月孤独地高挂在天边。森林大火的红焰把远近的山头都染成深浓的火红。我意识到"诡异的"夜晚已降临，于是抓紧缰绳疾行，直到进了特拉基才停止。此时镇中喧闹正炽，炉火烧得极旺，酒吧沙龙人声嘈杂，室内灯光通明，赌台上挤满了人，提琴及五弦琴争相发出不协调的音调，处处让人感到低俗秽邪。

第三封信

怀俄明夏延镇，九月八日

十一点整，巨大的太平洋火车鸣着钟声，隆隆地停在特拉基旅店的门口，在"银宫"车厢双重门边递上我的车票后，服务员低声指引了我的铺位——一张豪华的床，三英尺半宽，有弹簧绒毛垫、高级床单以及昂贵的毛毯。车厢中的二十四名乘客全都在厚厚的窗帘后熟睡着，整节车厢就像是梦神之乡，一切的设置都是为了让人安睡。四盏银灯由车箱顶吊下，光线低迷。中间走道的两侧是绿色和酒红色相杂的厚重的金棱条毛帘，由上方的银杠挂下，直垂到软羊毛地毯上。车厢的温度仔细地保持在七十度（约二十一摄氏度）；而外面是二十九度（约零下一点七摄氏度）。为防止颠簸，保持安静，车厢采用双层的门及窗，再搭配昂贵而设计舒适的弹簧绒毛垫，车速每小时不超过十八英里。

躺下后，黑暗松林中的策马疾行，清冷的月亮，森林大火，特拉基的灯火与喧闹，全都随梦境消失了。八个钟点后，暴露在粉嫩晨光中的是一片贫瘠的区域，灰色的山艾一丛丛长在被碱侵蚀的干裂土地上，两边有凸起的山丘包围着。那一整天，火车在无云的天空下，在阳光耀眼的平原上奔驰，只有两次在孤立的木屋前稍加喘息，一人一块钱，换得粗糙油腻而且被苍蝇叮咬过的餐饭。傍晚时分，我们在笔直的铁道上奔驰，穿过大陆，我在最后一节车厢的平台上坐了将近一个钟头，欣赏美丽的落日绝景。从清亮的空气中极目望去，除了沙漠，一无所有，只有山尖覆盖着白雪的洪堡山脉参差突起；那座山脉坐落在四十五英里外的地方，似乎只须骑马慢跑一小段就可以到达。唯一连接东西部文明的闪亮铁轨，与远处所有的东西一样，焕发着紫光。

第二天早上，太阳升起后，服务员没有正式通报就把我们赶下铺位，此时我们正通过被白色的华塞奇山脉包围的大盐湖。湖边，经由灌溉，摩门教徒把土地变成了生长大麦与谷类的良田。我们经过了一些木屋，即使是这么早的时间，教徒们每人都带着两三名妻子，开始一天的工作。摩门教女人都不好看，她们没有腰身的衣服也很丑。我们在奥格登的摩门城换车，再度奔上尘土飞扬、白光耀眼的平原，中间经过一些泥沙淤积的小溪，以及偶尔缩隘成峡谷的贫瘠山谷。大家默契十足地保持窗户紧闭，以免白色含碱的细尘沙飘进来，那会使人的鼻子很不舒服。当我们在这片没有山林为界的广大平原及乱石地上快速上升时，旅程越来越令人感到疲乏，其间只偶尔出现一两座"丘"或"岗"①，打破单调的景色。到犹他②的马车轮印下的车道痕迹，经常与铁轨平行，牛的骸骨以及那些在长而干旱的旅程中"暴尸荒原的残骸"，全都被日光漂成白色。今天（星期日）破晓时分，我们发现自己已身处七千英尺高的拓荒站拉勒米堡，每个人都在寒气中颤抖。又爬了一千英尺的碎石层，来到铁道的最高点谢尔曼。由此以东，所有的河流都向东流入大西洋。这块高原叫做"落基山脉的交会点"，可是除了远处两座像牙齿般的山头之外，我看不见任何山脉。天气变得酷寒；有人以为下雪了，可是我只看到滚滚的浓雾。整个早上，孩童们在车厢中穿梭，叫卖报纸、小说、棒棒糖、爆米花、花生，以及一些象牙小饰物。我早已记不起日子了，直到火车在这个极讨厌的地方的旅店门口停下时，我才知道今天是星期日。

周围的平原了无止境，却不见青绿，仅有的几株小草早被炎夏的酷阳晒成了干草。此地无林木，连灌木丛也见不到，天是灰的，地是黄的，空气凛冽而多风，刮人肌肤的大片尘沙横扫荒原，淹没了房舍。夏延镇被形容为是一个"被上帝遗弃又遗忘的地方"。很明显地，可以看出这片土地也已忘了上帝。此地因铁道而存在，虽然人口日减，可是它是方圆三百英里内少

---

① 环绕犹他"沸水谷"的山丘就是这类"丘"或"岗"的最好例子。——原注
② 犹他，美国西部一州，别名"蜂房州"，首府盐湖城。一八四八年美国从墨西哥处得到控制权，但直到一八九六年该州才加入联邦，成为美国第四十五州。

数人家日常所需的集散地,物品由四到六匹马或驴,或双倍数目的牛拖着"载货篷车"而来。有时候一次会有一百多辆这类篷车来到夏延,驾车的人则是篷车数量的两倍。不久以前,这里是标准的混杂都会,主要的居民是些粗人及亡命徒,都是文明社会的残渣;谋杀、砍杀、搏斗、枪战,在酒吧中几乎每小时都发生。可是在西部,一旦情况不妙,马上就会有人想出正确的补救方式。那些拓荒者发现事情已到了不可容忍的地步,于是自己组织了一个"保安委员会"。"私刑法官"① 带了几英尺粗绳出现在现场,大多数人都团结起来支持法规,对惹是生非的人发出警告。他们把一个人吊死在树上,身上挂着一张潦草的字条,写着:"早上六点之前离开,否则……"一些最坏的亡命徒只受到比战地军法处置还简单的审讯就被"吊死",然后草草掩埋。有人告诉我,曾经有两星期内以这种方法处决一百二十名暴徒的记录。夏延现在的治安与希洛② 差不多,在完全没有法律到腐败又无力的美国法律来到这里前,此地的治安可以算是非常好。虔敬绝不是夏延的"美德"。道路上到处有邪恶的事,酒吧及沙龙的粗暴行为也只是受到抑制,并没有连根拔除。

这里的人口曾经有过六千人,现在大约是四千。这个小镇

---

① 私刑法官(Lynch Judge),Lynch 一词出自十八世纪弗吉尼亚治安官查尔斯·林奇(Charles Lynch)的姓氏,他在独立战争期间对亲英分子实施私刑。此词后来意谓私刑,指暴民不按法律程序加刑罚于人,通常为绞刑。
② 希洛,夏威夷群岛中夏威夷岛东侧滨海城镇。

聚集了一堆乱七八糟的木屋及简陋的房舍①；垃圾堆、鹿及羚羊的内脏造成的恶臭，久久挥之不去。有些房舍漆成耀眼的白色，有的则没有上漆；这里看不到树丛、花园或任何绿色的东西，只见到无止境的枯黄平原。在极远的天边，可以看到三座尖牙状顶峰。夏延是个肮脏、丑陋、醉鬼散布、生活艰苦的低级小镇。旅店的窗户下，货车不停转换轨道，可是越过铁道后就只有单调的棕黄平原——现在只有一人骑着马徐徐而行，然后是一队图着彩脸、佩戴羽毛的印第安人，他们已经开化到带着枪支、骑着瘦马，让妻子跟在驮着行李的马边行走；其后是一群背脊隆起的长角牛群，它们几个月来由德州一路吃牧草过来，牛群旁有四五名看管牛群的人，他们骑着疲惫的小马，头戴尖帽，身披蓝斗篷，脚着长筒靴，身佩长枪和连发枪。一辆有白色车篷的孤单篷车，由八头牛拉着，车上可能载着打算移民科罗拉多的主人及他的财产。在村落的一个阴僻角落里停着六辆白色篷车，每辆由十二头牛拉着，一副远行的样子。每件事物似乎都暗示这趟旅行尚未终止。

九月九日

在此地邮局，我收到了一封前州长亨特的介绍信，那是金斯雷小姐好心为我弄到的。另外还有一封同样重要的信，是

---

① 自从人们在黑岗发现金矿后，给了此地一些冲击力，这里成了开矿的主要出发地，它的人口及重要性一直持续增加。（一八七九年七月）——原注

"春田市①共和党"的包尔斯先生署名的"认证函"及介绍信,此人的名号在西部几乎家喻户晓。有了这些保障,我可以大胆地朝科罗拉多进发了。我被这里的臭气熏得眩晕,还呕吐了。一名本地的"帮手"告诉我,在过去的二十天内,有五十六个人因霍乱死亡。我怀疑,这个区域因贪婪而失去人性了吗?选票可不可以不像其他商品那样用钱就能购买?昨晚我认识了一个从威斯康星州来的病得像鬼魂般的男人,他有个活泼的妻子及一个小婴儿。他的肺病已经相当严重,医生要他到这块高地来养病,这是他最后一线治愈的希望,可是病情却丝毫没有好转,反而越来越差。今天清晨,他爬到我房门口,由于吐血,衰弱得几乎说不出话来,他求我去看看他的妻子,医生说她染上了霍乱。孩子也病了一整夜,可是钱及爱心都无法打动任何人去帮他们做任何事情,甚至没有人肯替他们买药。那位女士脸色发青,因痉挛而疼痛异常;那个还没断奶的可怜孩子,因肚子饿而哭闹不停,却得不到东西。我既找不到热水,也找不到敷药用的芥末,虽然我答应给一个黑人一块钱跑腿费,只要他帮忙去买药,但他居然只轻蔑地看了一眼,就哼着小调走开,说是要去等太平洋火车,其实火车要一个钟头后才会抵达。我找遍了夏延也找不到奶瓶。没有一个母亲心软到肯帮助这位无助的母亲及饥饿的孩子,最后我只好用一小块海绵沾了牛奶及水,试着安抚那小东西。我帮忙去买药,恰巧碰到那位受欢迎

---

① 又译"斯普林菲尔德"。

的单身店主，他介绍了一名女孩——在千托万拜之后，她终于答应以一天两块钱的代价照顾婴儿，并照顾那位母亲直到病情开始好转。一切安置妥当后，我搭车前往高原村落格里利，人们建议我由此开始登山。

科林斯堡，九月十日

在平原上坐车让我有种奇妙的感觉。平原，到处都是平原，全是同一高度的平原，可是其他地方却是长而起伏的小丘，像是沉睡静止的海浪。原野上覆盖了浅黄色的薄草，一丛丛像西班牙刺刀的枯萎野花，以及蜂窝状小型仙人掌。人们就在这片高原上纵马奔驰。

平原上住满了一窝窝所谓的草原狗，事实上这些狗是土拨鼠，因发出短而尖的叫声而得此别称。我们经过不少这样的穴窝，一个个高起的圆洞，直径约十八英寸，有通道向下斜入五六英尺。上百个这样的穴窝连在一起，几乎每一个圆洞中都蹲着一只东张西望的这种红毛小动物，头部看来像小海豹。它们的举止看起来像个哨兵，正进行着日光浴。我们经过土拨鼠的家时，每只都发出一声尖叫，摇一摇尾巴，然后滑稽地蹬了蹬后腿，一溜烟冲下洞去。上百只这样的小动物，每只约有十八英寸长，全都像狗直立朝拜般，双爪朝下，面向太阳，看起来非常好笑。这些溜滑的小东西敌人很少，而且是多产的动物。由于它们的数量增加很快，又勤于挖地洞，可以想象，几年之后草原将严重受创，地底将成蜂窝，不适合走马。这些地洞似乎还被猫头鹰分享，有许多人坚称响尾蛇也是居民之一，可是为了这些不伤人的有趣的草原狗着想，我希望这只是传说。

朝下坡走了一段时间之后，五座深浓蓝色的山脉层层叠叠地从如浪的大草原上高高耸起，映在暗蓝色的天空中。一节美国的火车厢里，又闷又热地挤满了嚼烟草、吐口水的美国人，这实在不是我来到梦想中山脉的理想方式。虽然我们远在六十英里外，而且是从五千英尺的高处观看这些山脉，它们仍然壮丽万分。我写此信时，距离它们只有二十五英里了，我已渐渐被它们攫住，对其他东西视而不见。下午五点钟，开始出现房舍及绿地，火车停下来，同车有两名乘客与我一起下车，我们自己提着行李，穿过厚厚的尘土，来到一间简陋的西部小旅馆，经过一番努力，才得以暂住一宿。这个村落叫做格里利禁酒殖民地，是最近由一群从东部来的工业移民所建立的，他们全面禁酒，而且政治见解很前卫。他们买下五万英亩的土地，以围栏为界，建造了一条灌溉水渠，以合理的价钱供水。此地人口已有三千，是科罗拉多最兴旺的殖民地，完全没有懒惰与罪恶。他们肥沃的田地完全靠人工培育；看了这个区域天赋的贫瘠后，真惊讶于有人愿意来这里落脚，仰赖人工运河维生，还要抵抗蝗虫危害农作物的威胁。这个殖民地设立了一条法律，禁止输入、买卖或饮用含酒精的饮料，我听说有一个格里利人因为过分投入禁酒运动，最近居然捣毁了邻近他们地界的三间卖酒屋，并把威士忌酒全泼洒到地上，以防人们冒险把酒带到格里利附近。这项禁酒法规的影响范围极大。由于格里利没有酒吧供人消费，我发现这里的人在其他地方开始狂欢作乐时，就去睡大头觉了。老天对这里很吝啬，此地的生活很艰苦，所有能想象的艰苦生活在这里都找得到。

这趟科罗拉多旅程的最初经验颇为艰辛。在格里利，起先我得到了一间楼上的房间，可是后来让给了一对带了孩子的夫妇，换到楼下；这间房间小得像壁橱，只用一块帆布隔间。房里很热，而且到处是黑苍蝇。那名英国女老板的"帮手"刚去世，她忙得一团乱，我只好帮她弄晚餐。晚餐的两大特征是油腻与黑苍蝇。二十名穿着工作服的男子，吃完饭随即掉头离开，"没有人开口跟任何人讲话"。女老板介绍我前往山麓小丘，寄居在一个来自佛蒙特州的垦荒者家中，随即她非常好心且不嫌麻烦地替我弄来一匹马。马很多，可是它们若不是用来当作拖曳马的大种美国马，就是不安驯、半驯化的"布朗科"——这个名字来自西班牙，意思是永不摧折。它们几乎全都会"奔跳到把人摔下来"，而且据说比骡子更"丑"、更倔强。整个格里利只有一匹"适合女人骑的马"。我在月光下——好美的月光——试骑了一匹印第安小马，却发现它的四肢柔弱无力。厨房是唯一的休息室，因此我很早就上床了，可是马上又被无数的小爬虫吵醒。我点亮灯，发现有一大群虫子，只好窝在木椅中极不舒服地瞌睡到天明。科罗拉多的虫害很严重。虫子由土中爬出来，寄生在木板墙中，不管用多少清洁剂都驱除不了。许多谨慎一点的主妇，每星期都把床拆开，涂上石碳酸。

这是一个清凉晴朗的早晨，落基山脉看起来雄伟壮观。我又再试了一下那匹小马，发现它不适于远行；我那位佛蒙特州的朋友答应让我搭他的篷车到二十五英里外、离山更近的科林斯堡，于是我匆匆收拾了行李与他同行。我们十点离开格里利，四点钟到达这座小镇，路上停了一个钟头吃饭。前半段的行程我很喜欢；可是炙热荼毒的太阳晒在白沙土上，即使我撑开了从离开新西兰后就没有用过的白伞，后半段的行程还是令人无法忍受。其次是，除了河床上长了一些绿草之外，眼睛看不到任何绿色的东西。我们大部分的时间是沿着卡什拉普德尔河前进，该河起源于山中，在提供格里利必需的灌溉之后，流入密苏里河的支流普拉特河。一出富裕的格里利殖民地的围栏及散落的房舍之后，我们就进入一望无际的草原。偶尔有一两个骑着马的人经过，我们也碰到三辆白色篷车。除了草原狗挖了地洞的地区之外，你几乎可以在任何地方行车，而篷车重复留下的车辙就自然地形成了道路。我们涉过浅水渡河，河流沿岸生长了一些河杨及白杨。之后的旅程，除了狗窝及那些精灵小哨兵之外，没有什么可看的东西；可是正前方的景致就十分壮观了。欧洲大陆上由伦巴德平原升起的阿尔卑斯山，是我看过的最动人的山脉，却不能与此相比，因为落基山的五座高峰不仅雄伟宏大——每一座都接近勃朗峰①的高度，令人目眩的峰巅重叠在众山之上——而且山势浩大，整个坐落在清澈、蔚蓝、

---

① 勃朗峰，位于法国东南、瑞士西南和意大利西北交界处，海拔四八〇七米，是阿尔卑斯山脉最高峰。

没有丝毫阴霾的天空中——这是这个区域独有的特色。缺乏前景是景观上的最大缺陷,没有绿意的景物令人感到沮丧,这使我忆起了夏威夷群岛上令人愉悦的一草一木。只有一次,在我们第二次渡河时,河棉丛形成了可爱悦目的景色。我们在木屋停留了一会儿,吃了简单的牛肉配马铃薯的晚餐。使我觉得好笑的是,五名与我们共同进餐的男子一致向我道歉,因为他们都没有穿西装,似乎这是个大不敬。

今天是选举日,男人都骑着马在草原上疾走,赶着去登记投票。篷车中的三个人一直都在谈论政治。他们公开而且毫不惭愧地谈论收买选票的价钱,看来不论是哪一边的政客,没有人不贪污。我们看到一大群德州牛,数量有五千头之多,正由南德州旅行到爱荷华州。它们已经上路整整九个月了!由二十名携带枪械的武装牛仔负责看管,另有一辆轻便的篷车跟着他们,上面载满了备用的枪火弹药。这是必要的装备,因为这一带会有印第安人从各处出没袭击。印第安人气愤他们赖以维生的水牛,常常无故遭到杀戮。在平地上有一群群野马、水牛、鹿、羚羊;在山里有熊、狼、鹿、麋鹿、山狮、野牛、山羊。你可以看到每一辆篷车中都备有长枪,因为人们总是希望能猎到一些东西。

当我们到达科林斯堡时,我已经被太阳的热气晒得头晕目眩,却无法在这个十分恶劣的地方找到一处满意的歇脚处。这里以前是军队的驻扎地,光秃而酷热的平原上留下了几间木屋。拓荒者对这里"抱以很大的希望",可是希望在哪里?山在这里看起来并不比格里利近；只有看不见山尖，人们才了解山近在眼前。屋子里没有格里利那边的虫灾泛滥，但满满都是苍蝇。这些新拓荒者都很令人讨厌，全然的功利主义，不停谈论金钱，言语粗俗；这里的食物恶劣，每一样东西都令人嫌恶，没有一样事物叫人看了满意、令人向往。这间小旅店的底层，除了成千只黑苍蝇之外，还聚集了成群的蝗虫。苍蝇在地上停得密密麻麻，人一走过，全都嗡嗡作响地振翅飞起。

第四封信

峡谷,九月十二日

事实上,我既疲乏又无聊,于是故意整个下午都在睡觉,以躲避暑气及苍蝇。三十名穿着工作服的男子,沉默而忧郁地进来吃晚餐。牛肉既老又油腻,牛油都已溶化,不管是牛肉或牛油都盖着一层活的、淹死的或半死的黑苍蝇。油腻的桌布也停满了黑苍蝇,我一点也不奇怪为什么客人们看起来都很不高兴,而且一个个很快就溜走了。我找不到马,可是有人竭力建议我到这里来,寄宿到一个拓荒者家中,他们说此人有一座锯木场,接受旅人寄居。提议的人非常热心,还给了我一封简短的介绍笺,告诉我那里山景优美,整个夏天都有许多人来露营,借以调养身体。据我所知,自己目前的行装并不适合美国的寄宿环境,于是我决定带着行李及背包,以防万一衣着不够正式而遭到拒绝。第二天一早,我搭乘由健壮阴郁的年轻人驾驶、一匹布朗科马拖曳的单座马车离去。由于无路可通,他从没到过峡谷。我们一路上没碰到任何人,除了远远看到一只羚羊之外,也没见着什么东西。马车夫的脸越来越阴沉,接着他迷路了。他到处乱跑了大约二十英里路,才碰到一条前人留下的小径,最后把我们带到一带肥沃的"谷底",那里的人家正在收割草料及大麦,共五六户,看起来如此快乐、满足。我被介绍到两家肯收留陌生人的家里,可是一家堆满了收割机,另一家刚死了小孩。于是我又坐上马车继续前行,很高兴至少已离开了那不友善又平淡无奇的平原殖民地。到这里为止,路途十分孤寂,除了右边的巨山阻拦外,到处是一望无际的草原,我们像极了在海中航行,只是少了一方罗盘罢了。车轮滚过干燥的短草,既不发出声响,也没留下痕迹,更没有悦耳的嗒嗒马蹄声。天是阴的,空气干热而静止。在一处,我们看到了一匹骡子的残骸,几只秃鹰在上空盘旋,旋即又降下。动物的尸骨处处可见。一带被称为山麓小丘的低矮草丘由平原升起,景色单调无奇,只有一些高山冰雪融化造成的小溪穿流其中。车夫自称他已迷乱,变得更加阴沉,他转入一个最开阔的山口,一小时之后,山麓小丘呈现在我们与草海之间,它后面是断续的较高山脉,长有一般高度的脂松。小丘的东边无甚可观地由平原升起,西边突然与下一座山脉明显断开,岩石造成了屏障与高台,经过风化,含金属的矿砂斑渍形成了美丽的色彩,即使在灰暗的天空下也光彩夺目。车夫以为自己搞懂了路标,可是他笨得可以,因为河水太深,绕了几英里路才过了河,这会儿我们又到了没有路的峡谷。他为马儿担心,说是不管出多少钱,以后都不能打动他再进山来。但对只要稍微有一点头脑的人来说，事情就会简单得多。

罕见的人迹带来的孤寂感变得令人沮丧。不过，经过九小时的车程，走了至少四十五英里路后，布朗科马倒是丝毫没有显出疲惫状。最后我们终于碰到了一条小河，走上沿着河岸的明显道路后，来到了一个像分成三部分的谷地，谷地里裂开一道曲折惊人的两千英尺深的峡谷。一条急湍怒吼而过，落基山脉兜头而下，山脉上长着疏落的松柏。再过去一点，峡谷就完全不可及了。真叫人兴奋，这无疑是个与世隔绝的世界。有座摇摆不停的桥横在河上，这桥是由松树皮铺在没有固定的圆木上的简陋便桥。布朗科马停下来，嗅了嗅，它不喜欢，可是经过一番鼓励之后，它还是走过去了。桥的另一边是一栋原木小屋，坐落在水边的河棉树丛中，已半塌，是我看过最破烂的房子，泥糊的屋顶有几个大洞。稍高一点的地方，有一座十分原始的锯木场，也已年久失修，附近散乱地堆着薪柴。锯木场前停放着一辆移民者的篷车，以及一顶孤零零的帐篷，篷前有堆营火、一口锅子，但是不见寄宿屋的踪迹，我感到一阵害怕。车夫走到木屋的另一边，带着阴沉的微笑回来，使他的脸更显阴郁。他说这是钱尔莫斯先生的产地，可是连他住的地方都没有，更别提我的了！这真是个"骗局"。我跨下篷车，找到一间房间，破烂不堪，墙壁一边已部分坍塌，屋顶破了个大洞，窗户也开了口，除了两张椅子，以及两座没有刨平的木架上铺着干草当床外，没有其他家具。连着这间房的是一间小

第四封信　33

舱房，里面有一只炉子、一条长条凳以及一张桌子，用来煮炊、吃饭，而这些就是一切。一名脸色严峻、忧愁的妇人打量着我。她说，他们卖牛奶及牛油给在峡谷中露营的人们，除了有过两个患气喘的老妇之外，从没收留过寄宿的人，不过如果我能"自我适应"的话，他们愿意以一星期五块钱的代价让我留下。马必须喂食，于是我坐在木箱上吃了些干牛肉及牛奶，考虑这整件事。如果我回到科林斯堡，将更远离山居生活，而且毫无选择余地，只能去我一直不想去的丹佛，要不然就是搭车去纽约。此地的生活艰苦，是我从未有过的体验，而且这里的人们不管是脸色或态度都对我流露出敌意。但是我想，如果能将就几天，也许就能够穿过峡谷，排除困难抵达埃斯特斯公园，这是我此行的目的与希望。于是我决定留下。

九月十六日

在这里过了五天，我却并没有更接近埃斯特斯公园。我也不知道日子是怎么过的，我对在这里处处受到限制感到厌倦。这是"一种从来没有新鲜事情的生活"。当单座马车离去之后，我觉得好像与过去完全断绝了联系。我坐下来打了一阵子毛线——这是我沮丧时的排遣方法。我实在不知道自己该怎么继续下去。这里没有桌子，没有床，没有脸盆，没有毛巾，没有玻璃，没有窗，没有门栓。屋顶千疮百孔，木段叠成的墙也缝隙处处，而小屋的一端还是塌的呢！生活已经简化到最低程度。我走出去，他们全家人都有事可干，没人理睬我。我又走回来，看到一个十六岁的笨拙女孩，头发没梳，脸部表情痛苦地扭曲，坐在木头上瞪了我半小时之久。我试着引她谈话，可是她只是扭着手指，断断续续地蹦出一两个单调的音阶。我怀疑，自己真能"自我适应"吗？日子就这么过了。我穿上夏威夷装，袖子卷到手肘，就像这里人的装扮。向晚时，家人都回来吃饭，他们送了一些干牛肉及牛奶到我门口。这家人都睡在树下，天黑以前，拿了干草袋去做床。那晚，我学他们以大地为床席地而眠；或者是说他们睡觉，我看北斗七星来得更恰当。不过从那次以后，我还是决定睡在屋顶下加了毯子的地上。他们既无灯也无蜡烛，如果我要在天黑后做任何事情，就必须在松木碎片颤动的火光下工作。由于这里夜晚很凉，没有虫子，又加上我用了不少劳力，因此睡得很好。傍晚，我打理好地上的床，到河中汲取一桶冰冷的水；那家人到树下准备就寝。我可以向你保证，这山里孤单的感觉实在很诡异，于是我堆上一摞木柴，足够烧上大半夜。夜里各种声响（狼嚎）此起彼落，地板下有东西不断翻搅，另外还有一些我不知道是什么的隐隐怪声。一晚，有只野兽（狐狸或臭鼬鼠）由木屋坍塌的一端闯了进来，一溜烟又由窗户跑出去，它的毛几乎刷到我的脸；还有一晚，一条蛇大约三四英寸的前身由地板缝隙穿上来，与我近在咫尺，真是可怕极了。我用表盒磨光的一面做镜子。太阳升起后，钱尔莫斯太太会进来升火——如果说进到一个几乎是敞开的屋棚算是"进来"的话——因为她以为我笨到连火都不会升,而且那间房是他们的起居间。七点钟,我穿好衣服,叠好被,把地扫干净,然后她会放些面包牛奶或燕麦粥在门边的一个箱子上。吃过早饭后,我会再打几桶水,每天洗几件衣服,这样就没有人会注意我对此毫无经验——昨天有头小牛把我的一件衣服咬得稀烂。剩下的时间我用来补缀、编织,给你写信,以及做些一个人生活必须自理的琐事。每天十二点及六点钟时,他们会放些食物在门边的箱子上,天快黑时,我们便铺床准备入睡。一名穷困的移民妇人,在河边暂居的棚屋里刚生下了一个孩子,我每天都会去帮些忙。我已熟识了附近所有操劳忧苦、挣扎生活的垦荒者,他们都是持健康理由而来的。虽然这些人的居处不过是一辆篷车或一条绑在四根木杆上的毯子,但是大部分人的健康状况都已明显改善。科罗拉多的气候是北美洲最好的,患肺病、气喘、消化不良或精神方面疾病的人,数以百计地来到这儿,有的参加为时三四个月的集体"治疗营",有的则在此安顿定居下来。一年中有六个月,人们可以在户外露宿。平地约有海拔四千到六千英尺高,而一些已开发的"公园"或山谷,则在八千到一万英尺高处。空气十分稀薄,也十分干燥。雨水远比全美的平均雨量要少,鲜有露水,雾更是没听说过。阳光几乎终年不断,一天中有四分之三的时间无云。此地的牛奶、牛肉和面包都很好。天气冬暖夏凉,就算白天热的日子,到了夜晚也很凉快。较低的山脉很少有雪,马牛在冬天也不须关到室内喂食。当然,稀薄的空气使人呼吸加快。所有这些都是听来的①。不过不论是生理或心理，目前我都不顶好，感觉出奇的疲劳，多花点气力就累个半死，不过人们说这只是所谓的轻度"高山症"，是暂时性的。我正计划进山去，希望下一封信我会比较有生气。今天早晨在屋子附近听见响声，结果我打死了一条响尾蛇，一共有十一节长。由于有过多的蛇类，使我的日子过得难受——响尾蛇及食鱼蝮都有毒，足以致命；花斑蟒蛇及青蛇也都是出了名的危险；另外水蛇、树蛇及鼠蛇虽然无毒，却也都十分可憎。从我来此之后，已在屋外打死过七条响尾蛇。曾经有一条三英尺长的蛇被发现盘蜷在一名生病妇人的枕头下。我在所有的枯枝上都看到蛇，只要听到"树叶的摇动声"，我立刻拔脚开跑。除了蛇之外，不论是地里或空气中，到处都充满了昆虫的生息，大大小小的刺耳声、嗡嗡声、嘶嘶声、袭击声、聒噪声，甚至吞食声！

---

① 科罗拉多州的气候有治病的能力不是虚言。在旅行过这个区域之后，我发现殖民此地的十人中有九人是复原的病人。根据医学及统计的资料，科罗拉多州目前的气候是全世界最卫生的。——原注

第五封信

峡谷，九月

这封信没日期，由此你大概就能了解我的处境了。"他们"没报纸，"我"没历书，神父这一天不在家，没人能帮我这个忙，而且当我问及此事时，他们全都轻蔑地看着我。单调的日子明天就会结束了，因为钱尔莫斯答应做我进山到埃斯特斯公园的向导，而且他还说服他的妻子"一起为作乐而去旅行一次"。她不断嘀咕，说是浪费时间，又啰啰嗦嗦地说了许多危险与损失，最后才勉强同意陪他一起去。这里的人开始对我感兴趣后，生活就没有那么无聊了，在我已能"自我适应"之后，我们彼此都还算友善。然而，我第一次伸出友谊之手时，却遭到冷落。几天之前，做完了我自己的工作之后，我要去帮忙洗餐具，可是钱尔莫斯太太用比言语更具表达力的眼神看了我一眼，皱了皱鼻子，带着鼻音不屑地说："我想你会越帮越忙，看看你那双手啊！"（此刻它们又黑又粗。）"它们看来没什么大用处；我猜你从来没做过这些活。"然后她对她那个笨女儿说："这女人说她要洗碗！哈！哈！瞧瞧她的臂膀和双手！"这是我听过她最接近笑的一次，我甚至从没看过她微笑。后来，我用一小把破布放进一罐肥油中，做了一个夏威夷式临时台灯，使他们对我的评价稍微提高了些。自此以后，他们居然降格相从，肯跟我一起坐到星星出现。另一件提高我身价的事，是我正在编织给你的一条贝壳花样的拼花被。那个女孩说："我要它。"然后把它从我手中抢走，显然拿到营地里去了，几天后，渐渐有人开始喜欢它。这使我成立了编织班，那女人、她已婚的女儿，以及一名营地的女人是我的学生。然后我又取得了男人的好感，因为我能驯马并为它加鞍。我常常记起我喜爱的一段诗句——

不要走上绝路；在最黑暗的日子里，
努力撑到明天，一切都会消失无影。

可是啊！我现在接触的是何等艰辛狭窄的生活！一种狭窄而缺乏吸引力但我相信是真实的信仰，一种热诚但狭窄的爱国心，这些是唯有的影响力。钱尔莫斯九年前从伊利诺州搬迁至此，当时医生说他的肺病已经相当严重，然而两年之内他就康复了。他们这家人很奇怪；在某些远僻的高山地，我曾见过这种人。他的头型长瘦，憔悴嶙峋，而且缺一只眼。如果走在英国街上，人们会认为他是饥饿危险的乞丐。他还算有知识，非常有主见，希望被视为见识广泛的人，其实他根本称不上。他属于最严格的长老会教派("唱赞美诗者"),却对任何事都极端偏激、主观,这是他们最大的特色。他很残酷地要把来自费城的仁慈的史都华先生踢除聚会时唱赞美诗的团体,还以此为乐。他最自夸的是,他的祖先是苏格兰长老会誓约的支持者。他自认是个很好的神学家,晚上坐在松木块上跟我谈论永恒的智慧与天命的神秘;科罗拉多的进步与将来,也是他不变的话题。他憎恨英国到咬牙切齿的地步,对我所说的有关维多利亚女王时代的进步,就认为是对他个人的侮辱。他深信有生之年可以看到英国皇家的衰败,以及帝国的分裂。他很喜欢说话,问了我很多有关旅行的事,可是只要我提到任何其他国家的环境气候或人文有多好,他就认为那是轻视科罗拉多。

他们有一百六十亩地,一纸"合法居住公地证书",以及无价的水力。他是个木匠,有一座非常原始的锯木场。我注意到,他每天都会出一些状况,而且一直都是这样。如果他要运木头下山,总是会有一两头牛找不着;或者木头已在运送途中,车轮或马具又突然断裂了,然后一耽搁就是好几天。木屋实在无法遮风避雨,但它只会一直维持原貌,因为另一间有板壁的屋子的地基已挖好。马总是因为缺了蹄钉而跛着足,或者马鞍因缺环扣而无法使用,篷车及马具是临时棚栏中的一景,用几股绳索不很牢固地绑住。要使用这些器具设备时,没有一样东西是准备就绪或完整的。不过钱尔莫斯是个节俭、朴素又劳碌工作的人,他和他儿子以及一名"雇工",总是"早早就起身","一直工作到傍晚"。如果他们不做到"很晚才休息",这伙人真的就"舍不得多吃"。这样无效率工作九年的结果,仅能维持最基本的生活,并不令人意外。

至于钱尔莫斯太太,我乏善可陈。她很像我们小时候英国穷苦的女人——清瘦、干净、无牙,就像她们那样以尖锐不满的声音说话,好像总是在叱责别人。只要她醒着,总戴着一顶遮阳帽。她从没有一分钟是停下来的,严厉刚硬,除了工作之外,排斥所有的事情。我想,她是受了丈夫生性疏散的拖累。她提到我的时候,总是说"这个"或"那个"女人。他们家有个成年的儿子,是个懒散、面目可憎的年轻人,可能一心渴望着更狂野的生活;另外还有一个十六岁的女孩,乖戾而不讨喜,举止懒散像只猪;再下来就是三个刁蛮、不像孩子的小小孩。对这一家人而言,礼貌及温柔的举止或言谈,就算不被认为是"魔鬼的杰作",也是"人性虚伪的表现"。他们把别人的东西打翻,从来不道歉或帮忙捡起来;当我向他们道谢时,不管是什么事,他们似乎都觉得惊诧好笑。我觉得,他们认为我不像他们那样劳碌工作是件罪恶的事。我希望自己能将"更好的做事方法"证明给他们看。贪婪、不顾他人、一心追求自我利益,以及对不利己事物漠不关心的心态,正蚕食着整个西部的家庭生活及人与人之间的情感。我很不愿意这么写,但这是在美国体验了几乎整整两年的生活之后,才有感而发。他们似乎没有"星期天上教堂的服装",也没有多少其他的衣服。缝衣机就像其他东西一样,坏了不能用。全家人只有一把梳子。钱尔莫斯太太衣着清爽,食物虽然不好,却很干净。工作,工作,工作，是他们的一天也是一辈子的生活。他们完全不和气，对任何不是来自他们原乡的人，都抱着怀疑的态度。钱尔莫斯先生虽然是严厉的清教徒，却是这里人的传教英雄。他们蓄养的牲畜包括两匹衰疲的马、一匹不错的小种牝马、四头杂种公牛及四头看起来干瘦饥饿的母牛、几只奇怪好动的猪，以及一大群鸡。旧马鞍是用粗绳绑住的，马辔的一边是一条破旧不堪的皮带，另一边是根绳子。他们穿靴子，可是脚上的两只从来不成对，当然也不上鞋油，而且不穿袜子。除非天气很糟，他们认为睡在屋里很没有大丈夫气概。他们有个已婚的女儿住在河对岸，跟她母亲一样严厉、不讨喜、守旧、劳碌。每天早晨，七点一过，我扫过房间之后，他们一家子就进来"做礼拜"。钱尔莫斯以最悲伤、最哀愁的语调"评述"一首赞美诗，然后他们轮流念一章节，他再祷告。如果他的祈祷文用的是诅咒赞美诗的语调，他也拥有最高的决定权；而如果他的祷告带了点法利赛人[①]感谢辞的味道，也并不意外，因为他总是自喜于自己不像这个区域其他的人那样持无神论。

　　星期天真是可怕的一天。他们一家谨遵圣诫，不做任何事。礼拜会进行两次，而且比平时长。钱尔莫斯不准任何书进屋，只有神学书以及两三册乏味的旅行书籍例外，因此钱尔莫斯太太及孩子们几乎整天睡觉。他曾企图念一本已经很破旧的《波士顿的四态》，可是很快就睡着了，他们只有在吃饭的时候才起

[①] 法利赛人，公元前二世纪至公元二世纪犹太教的一派，标榜墨守传统礼仪。

来。星期五、星期六的天气都颇为凉快,夜晚还结霜,可是星期天晚上天气就变了,从我离开新西兰之后,从没感觉像星期天这么热过,虽然水银柱并没有超过九十一度(约三十三摄氏度)。阳光的热力令人眩晕,让人感觉烘焦、溶化,无法忍受。这真是糟透的一天,好像永远过不完。木屋是泥顶,而且有树木遮阴,略可避热,但是他们一家人都在里面,而我渴望不被打扰。我拿了一本《效法基督》,走到峡谷的枯枝碎叶间,在恐惧蛇袭的阴影下,躺到一张过路移民留下的桌子上,很快就睡着了。醒来时,才只是中午,阳光白亮得像镁光灯,邪恶极了。一条大树蛇(无害的)挂在我遮阴的松树上,似乎要掉到我身上。我全身盖满了黑苍蝇,周围充满了虫蛇恼人的嗡嗡声,蚱蜢、蜜蜂、苍蝇及蝗虫都在这燥热的暑气中骚动。我真怀疑坎普滕的托马斯①崇高的哲理,是否也会因这种环境而屈服?一整天,我依稀听到希洛溪水清晰如笑的水流声,以及科纳阵雨②的滴答声,眼中全是迎风的夏威夷群岛翠绿的幻影。午后,我走回木屋。傍晚时,整整有两个钟头,听他们辱骂我的国家,责难所有"唱赞美诗者"以外的宗教。这真令我激动痛苦,然而,对钱尔莫斯我要说的,就如霍兰博士所言——

如果有一天我能到达天堂的家,

---

① 坎普滕的托马斯(1379?—1471),德意志天主教修士,受神职后终身从事抄写书稿和辅导新修士的工作,可能是灵修著作《效法基督》的作者。
② 科纳阵雨,指冬季少移动的副热带气旋造成的雨水,科纳风暴又称背风面风暴,专出现于夏威夷群岛。

我虔诚地希望与祈祷那是我安息的地方，
在宽恕的伴同下，
我一定会见到老丹尼尔·格雷。

  夜晚，并没有让这里更凉快些，可是星期一的白天，待在火炉边又很舒服了。你现在对我的环境有些观念了。这里的生活，是一种道德严格、艰苦、没有爱、不讨喜、没有喘息机会、不美好又折磨人的生活方式。此地人们生活困苦，缺乏那种似乎是英国人独具的适意与雅致。像我们这种"外国人"，起码会给自己的木屋加上些别出心裁而雅洁的布置，若是夏威夷或南海的岛民，至少也会把自己的草屋弄得美丽而有品位。另外值得一提的是，我住的附近有一座巨大的峡谷，不论上下都没法出入，四周山岳屏障，唯一的缺口位于浩瀚的草海外数英里①。

  大约离这里半英里的小坡的另一面，住着一位英国医生。大伙认为他是个"极端固执"的家伙。钱尔莫斯嘲笑他是个"厚脑壳的英国人"（意谓愚笨）、"有教养又文雅"。在这里说一个人"文雅"，等于给这人加了一个坏名声。他还责难医生的观点败坏所有的道德。不管这些，我认为医生可能会有地图，所以恳恳钱尔莫斯太太陪我走过去找他。她把这看成是正式的晨访，可是她还是不可避免地戴上她的遮阳帽，把衣服像清扫时

---

① 我没有简略对科罗拉多州拓荒者困苦生活的描述，因为除了颓废及清教主义之外，这种艰辛而没有修饰的生活形态，是我在这个区域居住期间最常碰到的一种生活形态。——原注

那样系起来。我却到了大门口才想起自己身上穿着夏威夷骑装及刺马钉,因为早上我曾试骑过一匹马!医生的房子坐落在一座草原山谷中,那是河流穿过大峡谷的开口处。山麓小丘火红色的光滑岩石在阳光下闪闪发光,一整片纯绿的天空娇柔地弯曲在柔和的金黄景物之上。习惯了垦荒者难看又简陋的房舍之后,此刻我很高兴见到这类寻常的木屋,占据了小房子的底下一层,小屋像极了瑞士山中的屋舍。小屋四周都是菜园,旁边有灌溉的水沟,外面是农舍及牛棚。一位年轻的瑞士女孩正慢慢地把牛从山坡上带回来,一个穿着印花布衣裳的英国女人抱着婴儿站在篱笆旁,另外还有个穿着宽大条纹衬衫、裤管塞在靴子里的英俊英国男子正在剥玉米皮。修斯太太一开口,我就觉得她真是位贤淑的女士;她邀我们进屋时,那细柔、有礼、优雅的英国风度是多么清新悦人!入口门楣很低,要穿过一道几乎被"野黄瓜"爬满了的漂亮门廊。室内虽然看起来简陋,但很像个家,不像一般等待政府许可证居民的住处。一个旧铁罐插满了高雅的铁线莲,夹杂着一束束弗吉尼亚蔓草,窗上垂吊着白棉布窗帘,最棒的是有整整两架的精选书籍,所有的一切赋予了这房间一种几乎可称为雅致的感觉。为什么我要说"几乎"呢?这简直像是沙漠中的绿洲。我与"受过教育的人"失去接触才仅仅三周,男女主人一开口就让我自觉已与文明隔绝了有一年之久。钱尔莫斯太太待了一个半钟点后就回家放牛了,我们却越聊越投机,话题一个接一个。他们说他们已有两年没见过受过教育的女子,要求我常常去拜访他们。天黑后我骑了修斯家的马回去，发现木屋中既无火也无灯。钱尔莫斯太太回去后说："那些英国人讲话就像野蛮人，我一个字也听不懂。"我生了火，用油脂、碎布弄了个临时的灯，钱尔莫斯进来与我讨论这趟造访，问了我一大堆有关这家人的奇怪问题。他说我曾告诉过他，我在这一带不认得任何人，可是"他的女人"告诉他，修斯医生与我一直提到一个葛朗蒂太太①，我们两人都认得这个人，谈话中不断提到她，同时都不喜欢她，而且我们还说此人就住在附近！他说他是这座峡谷的拓荒者先驱，却从没听过这号人物，而且这里有个朗蒙特来的人，也说这附近绝对没有一个叫葛朗蒂太太的人，除非有个女人她有两个名字！他太太及家人后来都进来了，令我十分窘迫。我真想告诉钱尔莫斯，不管在哪里，只要像他那样心地狭窄、言语怀恨、观念偏激、轻视个人独特性格、阻挡合法的言论自由、要每一个人"为他所说的每一个字辩护"的人，就是真正的"葛朗蒂太太"。可是我忍住了。至于我如何脱困，真是不提也罢。那晚后来的时间都用来计划如何进山。钱尔莫斯说他对路途很熟，明晚此刻我们将睡在朗斯峰的山脚下。钱尔莫斯太太很后悔同意与我们同行，忧心忡忡，不断幻想家中没有大人的情景，以及牛只鸡群没有人打理的惨状。我真想告诉她，他们的大儿子和那名"雇工"已经暗中计划要关闭锯木场，好出发去打猎、钓鱼、探

---

① 葛朗蒂太太，英国一出喜剧中主角的邻居，此主角事事都怕这个葛朗蒂太太说闲话，整天就问："葛朗蒂太太会怎么说？"后来人们就拿葛朗蒂太太比喻"一般世人"。

险，届时牛都会走失，大家尊称的"鼬鼠先生"则会把鸡舍弄得乱七八糟。

落基山中的无名地带，九月

这儿实在远僻。除了莫纳罗亚火山①的冰封尖顶之外，我似乎还没到过距你如此远的地方。这里的人工俗物少之又少，如果有人必须单独居住于此，他绝对可以说这里到处都是熊、鹿、羚羊，而且"驯良得令人吃惊"。这真是"大猎物"的世界。刚刚一只大角羚羊，角枝分叉足足有三英尺长，就站在我面前瞪着我，一会儿又疾行而去。它就站在我跟前，我甚至可以听到它脚下青草上白霜碎裂的声音。昨晚大熊在离我们几码远的地方，把野樱桃树丛啃个精光；现在两只头顶羽冠的可爱蓝鸟，就在一石之遥的地方觅食。这是一片"人间净土"，直到最近才成为印第安人的猎场，因为缺乏水源，还没有人来此开垦或旅行。只有一名猎人在此建造了一栋小木屋，他为了猎羚羊而住了几周。不过这整个区域都没有经过勘查，大部分地区也无人造访过。现在是早上七点，太阳还没有高到可以融化白霜，空气洁净，清冽而寒冷。周遭一片寂静，除了我们昨晚花了两个钟头要找的一道深谷，谷中河流神秘的急湍声之外，我什

---

① 莫纳罗亚火山，美国夏威夷岛中部的一座著名的活火山，有"太平洋的马特洪峰"（阿尔卑斯山的高峰之一）之称。海拔四一六九米，最近一次喷发是在一九八四年。

么也听不见。马匹走失了,如果我用这两个同伴用在我身上的字眼,我应该狠狠地写道:"那个男人"和"那个女人"去找它们了。

到目前为止,景观奇妙无比,宏伟壮丽,在纯净流动的空气中,我的疲劳一扫而空。这不是一般观光客及女人来的地方,偶尔只有几个猎羚羊及熊的人出现,它不受人工污染的清新带给了我新的生命。我无法以任何文字向你形容,这个与你我所见过完全不同的美景。这是一处坐落在高地上、有花有草、有沼泽有斜坡的山谷,干涸的小河床中满布野樱桃丛,一堆堆的松树很艺术化地生长着,山边则是浓密的松林,不规则地伸入"公园"的边缘,群山的巅峰有灰色巨岩高耸地插向蔚蓝的天空。一座翠绿草地的幽谷中,丛丛火红的矮小毒橡木铺展开来,像是一张柔柔的天竺葵大床,向西斜去,仿佛就是导向我们要寻找的河流。大而深的峡谷延展向西,全都沐浴在紫色的光影中。松木覆盖的山岳突然拔起,形成了暴雨峰的尖端,也都向西延伸,所有的这些美景都只是为了衬托——穿入云霄,如珠光般幽然纯净,孕育着暖阳微红的光芒——有"北科罗拉多勃朗峰"之称的朗斯峰,它高尖、孤立、可怕又宏伟的挺拔双峰①。

这里的完美景色真是增一分太多,减一分则太少。是一个人经常感叹身处"纷乱、污秽、繁杂的困境"所渴求的"辽阔

---

① 格雷峰与派克峰各自拥有了不少拥戴者,但在拜访过所有美丽的地方后,在我的记忆里,群山中就属朗斯峰最为宏伟壮丽。——原注

荒原中的宁静小屋"。不管强森医生怎么说，这些"巨大的隆起物"的确会"激发想象，增进了解"。这景色满足了我的灵魂。啊！落基山脉实现了——不，超过了——我幼时的梦想。它美妙极了，它的空气赋予人生命之火。我真愿意在这高处多待一些时间，可是我知道后果将会是一趟失败的探险之旅，因为里面掺杂了钱尔莫斯的愚蠢与顽固。在七千五百英尺的高处，有一个富于诗意的地方叫埃斯特斯公园。我们可以下行到平地，然后涉过圣佛兰峡谷到达那里，不过距离有五十五英里。钱尔莫斯自信可以带我越山而过，据他推测，路程将缩短为二十英里。我们昨天中午离开，我抱着强烈的期望，希望自己不必再回到这里。星期二，一整天钱尔莫斯太太都在准备她所谓的"食物"，加上"一大堆睡垫"，打算驮负在一头骡子的背上。可是当我们出发时，我很不高兴地发现钱尔莫斯骑在本应驮物的骡子身上，而两块拼花的厚棉布"毯子"则垫在我的马鞍下，马鞍于是加宽也变高了，而且极不舒服。任何人若看到我们如此"破天荒"、可笑地出发探险，必定会笑破肚皮。给我的是一匹很老的铁灰色马，它的下唇衰弱地垮下，露出剩下的几颗牙，前蹄僵直地前伸，两只快瞎的眼睛不断流出眼屎。把它带到牧草丰盛的地方实在是件仁慈的事。我座下的马鞍是个老麦克里连骑兵式马鞍，有个用坏了的铜头，缰绳一边是烂皮带，一边是绳子。拼花棉毯盖在这匹老马身上，从鬃毛一直到尾巴。钱尔莫斯太太穿着一条旧印花布裙，外加旧短衫、印花围裙，以及一顶遮阳帽，帽带一直垂到腰部，看起来跟往常一样干净愁苦。她马鞍的内角钩断了,外侧的一个角钩挂着一口锅子及一包衣服。我们出发时,她的马肚带已经快断掉了。

我的行李包加上那把旧伞,放在马鞍后面。因为太阳实在太灼人,我穿了那套夏威夷骑装,还在脸上绑了一块手帕,并把伞上的遮阳布折叠后绑在帽子上。一行人里面,最古怪的是那位未来的向导。独眼,憔悴消瘦的体形,加上褴褛的服装,看起来更像是游手好闲的拾荒者,而不是诚实认真的拓荒人。他好像只是跨坐在那头瘦骡子身上,而不是骑着它。骡子的尾巴被剪得只剩下尖端的一小撮毛。两只破了口的面粉袋绑在马鞍后,两条拼花棉毯垫在马鞍下,我的帆布包,一个旧水罐,一口炒锅,两条绳索都挂在角钩上。他的一只脚穿着旧高筒靴,裤管塞在里面,另一只脚则穿着破粗靴,脚趾都露在外面。

我们向上爬了四小时,穿过一条通往这美丽"公园"的山涧。走了不少路,才看到突然展开在眼前的景色。这浩瀚的山岳大得像星空,无法想象。从这里看,我想至少有两百五十英里宽,而且中间几乎没有间断,像是从北极圈一直延伸到麦哲伦海峡①。在极短的距离里,从朗斯峰的顶端开始,就能看见二十二座超过一万两千英尺的高峰,而美洲大陆的分水岭,白雪覆盖的雪岭,可以清楚地看见它们蜿蜒穿梭在荒野的群山之中;河流由此开始,分别注入两大洋。从我们离开峡谷穿越第一座山后,便可以看到一座接一座被深谷割断的独特的山岳景

---

① 麦哲伦海峡,位于南美洲大陆南端和火地岛等岛屿之间,沟通太平洋和大西洋。

观，椭圆形的山谷中长满了丰盛的青草。目光所及，每一片坡地都款摆着肥美的草浪，等待大镰刀的收割，可是这都是野生动物的粮食。这些山脉都长满了浓密的松林，下行到草坡时，坡上的松树仿佛是经过园艺匠刻意安排过似的。远处，经由峡谷的开口，我们可以看见海洋般的草原；经由另一方向的开口，远处是雪岭闪闪发光的外缘。可是在我们抵达此地之前，景色却十分单调，不过整体而言颇为壮观：放眼望去不是灰绿就是黄绿，中间穿插了一些颜色鲜艳的大岩石，仅有松树的墨绿画龙点睛地给了一点变化。这种松，不像内华达山脉庄严的锥形松树，反而比较像苏格兰枞木。离我们几英里外的是北公园，听说那个区域有丰富的金矿藏量，可是到那儿去"发财"的人，鲜少有回来的。那里是印第安人部落的集聚地，他们对白人以及其他部落都存有很深的敌意。

在这高处，最人工化的东西是一座粗陋的木搭营地，冬天时会有猎羚羊的人入住，现在则空无一人。钱尔莫斯毫不犹疑地取下锁。我们起了火，煮了些茶，煎些咸肉，饱餐一顿后，继续上马朝埃斯特斯公园进发。为了踏遍必须涉过的大汤普森河，我们疲惫地走了四个小时，寻找各处低洼的地方。搜寻让人越来越不耐烦，然而闪着紫光的朗斯峰仍然像个指标般立在我们面前；它的脚下仍然是一片深蓝，我知道埃斯特斯公园就在那里了。然而在到达公园之前，横阻在我们之间的遥远无聊的路途，一点也没比原来短少。太阳日渐西斜，阴影拉得更长了，而原来自信、傲慢、嘴巴动不停的钱尔莫斯也更加昏乱了；他妻子的声音越来越尖细，更叫人受不了，我原本步履蹒跚的马也更不稳，但我的决心却更为坚定（此刻的我也是如此），不管怎么样，我都要抵达那片深蓝的地方，甚至站到那有闪亮白雪的朗斯峰之上。事情变得越来越严重，钱尔莫斯的无能带来了危机。当他前去勘查回来之后，神态更加傲慢，他说他知道一切都不会有问题，他找到了一条小径，在天黑以前我们可以渡过河，然后扎营。于是他带领我们走进一条深陡崎岖的山涧小径，我们必须下马行走，因为到处都是横倒的大树，光秃秃的岩石上几乎没有落脚的地方。老旧的路径尚依稀可辨，上面的残枝败叶都被踩得细碎。啊！这真是个蛮荒大地。我的马最先摔倒，滚了两转，弄断了马鞍；在它第二次翻转时，把我摔到三英尺下的斜坡上。跟着钱尔莫斯太太的马和那头骡子也摔成一团，爬起来时，它们彼此咬伤对方。山涧变成了深谷，那是可怕湍流干涸后的河床；河床上满布层层的大岩石，两缘也悬着大石头，还有横倒的大树，柏树的针叶及尖刺扎伤了脚。另外还有一个五百英尺深的悬崖！这条小径事实上是熊觅食野樱桃时所踩出来的路径，这一带有很多野樱桃！

当我们挣扎着爬上这个我们筋疲力竭才走下来的深谷时，天色已近黄昏。马匹又摔了几次，虽然我尽力帮忙，却几乎无法使它重新站立起来；我也已经遍体鳞伤。有根仙人掌的刺扎进了我的脚，颈后也被不知名的东西割伤。可怜的钱尔莫斯太太也撞得浑身是伤，我真同情她，因为她不像我，旅行对她毫无乐趣可言。这趟爬得真辛苦。当我们爬出深谷后，钱尔莫斯已完全糊涂了，他走错了方向，在兜了一个钟点之后，由于我的坚定主张，才找回正确的路。对于他无能的夸言，说是"闭了眼睛"都能把我们带到埃斯特斯公园，我原可以很生气，可是我觉得他也很可怜，所以就没说什么。为了迁就我疲惫的马，我还得蜿蜒绕道而行。天黑时，我们终于到达了峡谷的开口，天开始飘下雪花，风也变得强劲，虽然营地又黑又冷，却大受欢迎。我们没有食物，但生了火。我躺在干草上，把马鞍翻过来当枕头，睡得很熟，直到刺骨的寒意及浑身的疼痛弄醒了我。钱尔莫斯答应我们早上六点钟重新出发，于是我五点就起身，而现在八点半了，却还只有我一个人！我跟他讲了好几次，叮嘱他把马绑在树桩上，否则它们会跑掉。"哦，"他总是说，"它们没问题的。"事实上是他没有尖桩。现在，马匹高高兴兴地往回家的路上跑去。两小时前，我看到它们在两英里外，而钱尔莫斯在后面追。他的妻子一边追着他，一边怒吼道："他是我见过最笨、最不负责、一无是处的人。"听了这话，我想了想，觉得他本性还是好的。这里有一口像井一样的东西，可是我们用完"下午茶"并喂马喝水后，就把它汲干了，从昨天开始我们没有喝过任何东西；至于水壶，一开始就没有盖子，骡子摔倒时里面的水就全洒光了。我生起一堆烈火，但是干渴及不耐烦叫人难以忍受，而原本可以防止的意外弄到如今这等地步，更令人感到厌烦。我找到一个熊的胃，里面全是樱桃核，花了一个钟点才把它们捡干净。啊！你瞧，九点半了，我才看到那个挨骂的人和他妻子带着马儿走回来!

下峡谷,九月二十一日

我们一直没能到达埃斯特斯公园。根本没通道,也从没有马走过。我们十点钟由营地出发,花了四个钟头找通道。钱尔莫斯又是一个深谷一个深谷地探寻,每次失败之后,他的自信就减弱一些;有时候该往西走,他却朝东行,总是碰到悬崖之类不可能通过的障碍。最后他单枪匹马前去搜寻,很高兴地回来说:找到了通道;很快地我们走上了明显的小径,是猎人拖着动物尸体留下来的痕迹。我跟他说,我们该朝西南方前进,现在却是往东北走,而且我们是在上坡路上,而不是下坡,可是他不听。"喔,没问题的,我们马上就会碰到水了。"他总是这么回答。有两个小时的时间,我们穿过浓厚的白杨林,空气越来越冷,小径也越来越不明显,渐渐失去踪迹。接着是一个开口,可以看见不远处暴雨峰的顶端,离我们并不远,只不过是在一万一千英尺的高处。我实在忍不住了,不禁大笑起来。他居然决意要朝和埃斯特斯公园相反的方向前进。后来他承认迷路了,找不到回去的路。他的妻子坐下来大哭。我们吃了一些干面包,然后我说我有丰富的旅行经验,由我来领队。大伙同意之后,我们开始漫长的下坡路。很快地,他的妻子摔下马来,因为害怕与懊恼,再次大哭起来。没多久,骡子的肚带断了,缺少了肚带,马鞍滑过骡子的头掉下来,面粉都打散了。

接着那妇人的马肚带也断了,她也滑过马头掉下来。然后她开始无助地乱走,口中一直嘲骂英国,而我则绑紧马鞍,带路回到公园的一个出口。我们生起火,吃了些面包与咸肉;然后花了将近两小时找水,结果找到一池泥水潭,很清楚地可以判断出曾被上百只羚羊、熊、山猫、鹿和其他野兽践踏过,里面只剩几加仑的水,而且浓得像豌豆汤。我们就用这些水喂了动物,并煮了一些浓茶。

当我们启程赶四小时路回家时,太阳正闪着金光落下,空气更冷了,这使我们碰撞擦伤的四肢更加疼痛。我很同情钱尔莫斯太太,她摔了好几次,但很有耐心地忍着痛,而且好心地跟丈夫说了好几次:"我对这个女人感到抱歉。"我受不了马儿上下颠簸,而且四肢也冻得僵硬,最后的一两个小时我是走的;至于钱尔莫斯,似乎为了掩盖他的失败,他不断大声说话,责骂所有其他宗教的信徒,以最粗鲁的美国方式嘲骂英国。毕竟,他们都不是坏人;虽然他失败得可笑,但那是因为他能力不足,他已尽了最大的努力。破木屋中的火此时真令人感到欢愉,我让它整夜都燃烧着,一边由破屋顶的洞口观望星星,一边想着朗斯峰的壮丽独特,并且决定,不论遇到什么困难,我一定会到达埃斯特斯公园。

第六封信

下峡谷，九月二十五日

　　这是另一个世界，我一踏入此地就有这种感觉。钱尔莫斯以合理的价钱卖给我一匹布朗科马，它是个不十分健壮的坏东西，我试着骑它到这里来，正当要离去时，它却因"受惊"而开始"跳踢"起来。我用脚碰它时，这匹小母马居然跃过一堆木材，弄断了肚带。旁观的人告诉我，当它跃起之际，我便顺由它尾部，高高摔落硬石子地面，掉下来时膝盖又被这坏东西踢个正着。他们不敢相信，我居然没有摔断骨头。我的左臂像摔烂的果冻，不过用冷水敷过后，很快就好了；我背后的一个伤口流了很多血；失血，加上身上的淤伤，以及受到惊吓，使我感到衰弱，不过情况不容我"小题大做"，而且我真的认为骑装上的破口可以证明这场意外最重要的部位。

　　这里的环境使人愉悦。靠近清澈急湍的山谷中有一栋木屋，木屋顶的房间建有瑞士式陡斜雕花的屋脊。这条湍流源自较高的一处无法抵达的壮丽深壑。山谷的一面是大块的斑岩悬崖，岩色红得像最红的新砖，日落时分更被照成耀眼的朱红。由近处山峦的缝隙中，可以看到松柏覆盖的尖顶，光线渐暗时，便会经历所有深浅不同的紫色。每个傍晚，天与地组合成绝妙的仙境——如许浓郁又轻柔的酒红与深紫；天可以是橘黄、深绿与朱红；云则渲染成猩红与翠绿；空气干燥清纯，然后夕照把天地幻化成一片迷离仙境！以颜色而论，落基山脉是我所见过最美的景色。空气虽然寒冷，但过去几天阳光却是明亮炽热。

我屋主的故事是个不幸的故事，它说明了谁"不该"来科罗拉多①。他和妻子两人都还未满三十五岁。修斯医生是伦敦一间大诊所的医生的儿子，受过很好的教育，学问渊博，成就非凡，原本在英国第二大城市与人合开诊所，可是他出现肺病的征兆。在不当的时机，他听闻了科罗拉多有"无可匹敌的良好环境，以及无穷尽的资源"之类的话，受到这些物质条件的吸引，而他又能根据自己先进的社会理论创建或改造社会，于是他们成了移民。修斯太太是我见过最迷人、最有教养的可爱女人，他们是理想的一对。在任何社会，他们都会十分出众，可是他们两人一点都没有理家或耕种的知识。修斯医生不知道如何替马上鞍，也不会驾马车。修斯太太煮蛋时不知道该把蛋放在冷水还是热水里！他们来到朗蒙特，买下这块土地，只是因

---

① 故事现在已经结束了。在我造访后的几个月，修斯太太在生产几天后去世了，葬在荒凉的山坡边，留下丈夫和五个六岁以下的孩子，而修斯医生现在是阳光灿烂的太平洋群岛上一名成功的医生，娶了热爱他的瑞士朋友作为他的第二任妻子。——原注

第六封信　57

为景色宜人，而不是为了实质的理由。他们不论购买什么：土地、物品、牛只，全都吃了亏、上了当，对那些不诚实的垦荒者而言，这么做并没有什么不对。因此，虽然他们"早起迟眠，开源节流"，日子仍然过得很艰辛，没有一件事是顺利的。一个热爱他们夫妻的瑞士女孩跟他们一样辛勤工作。他们有一匹马，但没有篷车；有几只鸡、几头牛，但没有"雇工"。这是我看过受过教育的人最艰苦、最不成功的挣扎。他们得学所有的事情，付出的代价是金钱的损失与生活的困苦。然而，他们居然学到了那么多，着实令我惊奇。修斯医生与两位女士在毫无外援的情况下，搭建了楼上的房间及屋子旁加盖的部分。他自己开垦了田地，也学会了挤牛奶的困难技术。修斯太太自己缝制一家六口遮身保暖的衣服，傍晚时分，在一天的劳累工作之后，她又忙着缝缝补补。每一天都是漫长的"折磨"，没有休息、享受，也没有与有教养的人社交的乐趣。偶尔"正巧"到来的访客，全是有钱拓荒者的小气老婆，她们充满了主妇的骄傲，唯一的目的就是贬低修斯太太。我希望她能对刚出生的小牛、丝瓜的丰收、牛油的供给量及价钱真正感兴趣；但是她虽然学会做出很好的牛油与面包，这些却都不是她真正的兴趣所在。孩子们都很讨喜。小男孩们文静有礼，像小绅士，言语行动处处显示对父母的关爱。屋里听不见一句粗话。可是这些幼小的孩子已受到困苦生活环境的影响，事事都为母亲着想：一旦牛油存货低，就不用牛油；帮忙搬运对他们而言过重的木头与水；急切地观察冬天的气候与谷物的收成。不过，他们仍保有孩童的纯真及幼稚。

在西部最令人痛苦的是绝迹的童年。我从没见过一个真正的儿童，他们都只是小大人，有着贪婪自私的恶习，十岁就完全脱离父母独立。他们成长的环境教会他们的是贪婪、邪恶，以及不敬的行为。这样的结果，导致任何甜美的事物在这里都像是沙漠中的花朵。

除了不管在哪里都能把生活带至理想境界的爱以外，他们的生活是困苦的。可怜的农作物一次又一次被蝗虫摧毁，这里所谓的"聪明人"在所有的买卖上都占修斯医生的便宜，使他除了孩子们的食物之外，几乎一无所有。经验是由各处得来的，这个失败的例子，对一个没有农事经验的专业人员是很有用的警告——不要到科罗拉多以农维生。

虽然我为这个令人感兴趣的家庭感到遗憾与焦虑，但是我在这里的时光是愉快的。如果不是因为他们把草垫让给我当床，让修斯太太和她羸弱的婴儿睡在我房间的地上，修斯医生则睡在楼下的地上，我还会再待久一点——夜晚已经降霜，十分寒冷。工作是他们白天必行的任务，我也一样；晚上，当孩子们睡了以后，我们三个女人就忙着补衣服、做衬衫，修斯医生则诵念丁尼生的诗，或者我们会轻声谈论有教养的世界及高贵的事情，言语间这里似乎成了"极遥远的地方"。有时修斯太太会放下手边的活，念几分钟我以前很少听过而令人喜爱的散文或诗句，她的语调优美而善解，很快就能表达作者字里行间蕴含的意义，她温柔会说话的双眼因感情与悲怜而湿润。这就是我们平静的时刻，忘了明日的生活所需，忘了人们依旧做着欺骗的买卖，依旧急切地淘金；忘了我们身在落基山脉，忘了时间已近午夜。然而，炎热又疲惫的早晨来临，永远做不完的工作令人窒息，修斯医生会因为头昏晕眩而从田地里回来两三趟，于是他们彼此安慰，让我觉得科罗拉多的拓荒者应该更强壮、更能适应环境才行。

今天对我而言是愉快的一天，虽然从早上九点到现在我才第一次坐下来，而现在已是下午五点钟。我设计让那名认真工作的瑞士女孩，带两个孩子搭邻人的篷车到离这里最近的一个垦荒区待上一整天，并将修斯医生及太太送上楼，把整个下午都用来休息或睡觉，而我则独揽起一天工作，清理打扫一番。我自己有一大堆"清洗"的工作要完成，这是因为上礼拜我手臂受伤而堆积起来的，不过，用螺丝固定在盆子一边的绞衣机帮了不少忙。我把衣服叠好再通过绞衣机，这样就不会绞皱，也不用熨烫了。在烘好面包、彻底清洗了牛油桶及拌搅器之后，我开始清理锅罐。由于锅罐相当油腻，清洗起来十分困难，正刷刷弄弄了一半，一个人进来问路，打听何处可让他及他的牛群涉水过河，我指路给他看时，他一脸同情地看着我说："你是新雇的女仆吗？老天，你个子真小！"

昨天我们储存起三百磅的番茄供冬天食用，另外还加上作为牛食的两吨南瓜，其中有两条南瓜重达一百四十磅（约六十三点五公斤）。我收割了将近四分之一亩的玉薯黍，不过产量并不好，谷包里很多都是空的。我宁可操持田务，而不喜欢洗涤油腻锅盘或洗衣服,更不喜欢缝补或写作。

这里不是世外桃源。"机诈"包括用各种方法欺骗邻居,只要没有不合法,此地比比皆是这样的骗棍,他们崇拜的是财神爷。我们这一代被教以礼敬单一的神,而他们却崇拜另一个,实在叫人无可奈何。像在这种"教会规条"鞭长莫及的地区,人们有三种办法打发星期天:一是把这一天用来访友、打猎、钓鱼;另一种则是用来睡觉,严守不做事的戒条;第三种人,继续他们日常的工作,因此可以看到他们仍在收成、砍伐或拖运木材。上一个星期天,有个人来此装修一扇门,他说他既不信《圣经》,也不信神,他可不愿为了古老的陋规,牺牲他孩子的面包。他们不重视高高在上的法律戒条——"报应、慈悲与信心";可是大部分的垦荒者都颇为牢靠,很少有凶残不道德之士,勤勉是生活的准则,生命财产在此远比在英格兰或苏格兰安全,尊敬妇女的一般律法更是执行得相当透彻。

现在的日子白天阳光普照,夜晚却严寒。人们已开始准备过冬。东部来的旅客都停留在丹佛市,勘察队也从山上下来了。高山上已经开始落雪,我前往埃斯特斯公园的希望也降到了零度。

朗蒙特,九月二十五日

昨天一切都很完美。阳光普照,空气清冷,令人神清气爽。我感觉好多了,在一天辛劳的工作过后,傍晚与朋友在美丽的夕阳下散了一会儿步,晚上上床时,心情十分愉快,希望这里的环境对我的健康会有助益。今天早上起来,浑身疲倦,外出时,一反昨天的晴朗,周遭充塞着令人窒息的炙热,有"火热"(不是明朗)的骄阳、焦躁的热风。神经痛,双眼红肿,极度的疲倦袭来,我那水土已服的屋主也出现同样的症状。昨儿个清澈明朗的空气、美丽的色彩,全都消失了。我们借了一辆篷车,可是修斯医生强壮但慵懒的马,再加上一个体弱的雇工,使这趟旅程糟透了;虽然从这里到底下的草原只有二十二英里路,我们倦懒的马,加上迷了三次路,让我们在炙阳下足足忍受了八个半钟头。在草原上,我每次认路都认错,修斯医生也好不到哪里去。我们走错了路,车子缠上了围栏,掉进了沟里的深泥潭,弄得我们意气消沉。在骄阳下坐在草料堆上,实在不舒服。半路上,我们停在一条现在只剩几个泥窟的河边,我在遮阴不佳的河棉树下睡着了,梦到在尘沙满布、热风席卷、酷阳照射的草原上痛苦地颠簸。一整天,我们没有看见一个人或野兽。

这里是"芝加哥殖民区",听说在一开始的土地欺诈之后,正趋向繁荣。它与科林斯堡一样不讨人喜欢。我们首先看到的是土色的木壳屋,零星地散落在黄土平地上,每栋房子都连着一块小麦或大麦地,所结的谷物若非是天上雨水的产物,便是"二号灌溉沟渠"溢出泥水造成的结果。然后是一条许多篷车走出的马路,辗硬后变成了广阔的街道,两旁零零落落地散布了几间小店及一些耀眼的木屋。其间,一间最白、最耀眼、与其他房子一样没有门廊的两层楼房是"圣佛兰旅店",名字取自圣佛兰河,灌溉沟渠就是源自此河,朗蒙特也赖以存在。每样东西都在西斜的阳光下沸腾,毫无遮阴的木屋房间也被暴晒了一整天。屋里的热气比外面更令人不舒服,而且黑苍蝇盖满了所有东西,包括人脸。我们全坐在我房里与黑苍蝇战斗,因为我房间比别处凉快,直到约十英里外落基山脉的美丽落日迫使我们外出去欣赏。接下来是西部式的晚餐,没有桌布,所有"彼此没有关系的"朗蒙特人都进来安静而迅速地吃饭。有茶喝真是一大享受,我已经有两星期没有尝过茶的滋味了。房东是个和气可亲的人。我告诉他我的计划何以没实现,以及我如何不情愿,在没有看到埃斯特斯公园的情况下,明天经丹佛前往纽约。他说仍有可能今晚会有人打算上山。他很快又到我房间来问我能做什么——我怕冷吗?我能"吃苦"吗?我能"骑马奔驰"吗?他说,埃斯特斯公园一带是"科罗拉多景色最美的地方";又说,"如果你不去一趟,实在很可惜"。我们刚要坐下来喝茶,他又进来说,"这次你运气好,刚刚来了两个人,他们明天早上要上山"。我真是太高兴了,于是租了三天马。不过我不敢抱太大的希望,因为我被热气熏得几乎要病了,而且上次摔伤还没有痊愈,从那次以后我还没骑过马,二十五英里半的路途可不算短。同时我又怕住处会跟钱尔莫斯那里一般糟,没有独处的可能。天黑后,我们外出散步,同时呼吸一下稍稍流动的空气。

埃斯特斯公园!!!九月二十八日

我真希望能把这三个惊叹号代替信寄给你。它们代表了所有的惊喜、愉悦、伟大、快乐、健康、享受、新奇、自由，等等等等。我刚刚不期然地进入了我梦寐以求的地方，不过它的每一处都超乎我的梦想。每一口吸进的空气都是新鲜的；我已经感觉好多了，早上七点爬起来吃早饭已毫无困难。一切都很舒适——我喜欢的那种方式。我自己一个人拥有一栋用六根柱子架起来的小木屋，屋下有一个臭鼬鼠穴，附近有一座小湖。每晚都降霜，白天也凉得可以生起熊熊的炉火。牧场的主人，半猎半牧，夫妻俩性情都很温和诚恳，是兰贝里斯来的威尔士人，笑起来有那种英国式的豪爽愉快，连最小的孩子都有歌唱的才能，他们坦诚好客，粗陋的大火炉中堆满了酯松木块。自我来到后，每晚都有新鲜肉食、当日烘焙的美味面包、可口的马铃薯、茶及咖啡，以及供应不乏、如乳酪般的鲜美牛奶。我有一张铺了六条毯子的清洁干草床，既无虫蚁，也无苍蝇。不论是头顶上或身旁四周的风景，都是我前所未见的美丽景色。之前大部分人都建议我去科罗拉多泉[①]，只有一个人提到朗蒙特这个地方；而在我来到朗蒙特之前，我从没遇过曾造访过这里的人，但是光看看它坐落的位置，就知道这地方绝对美极了。可是，人们说这里出入困难，而且季节已过。在旅行时，必须能分析人们所说的话，这些话都被依估计能力或说话对象加以着色，这时就要尽可能在各个方面进行合理的探寻，继续坚持下去，不动声色地暗自进行预定的计划。这里完美极了，具备

---

① 又译"科罗拉多斯普林斯"。

了所有增进健康的条件，包括足够的马，以及供马奔驰的草地。

经过十小时的骑马跋涉，实在不容易坐下来写封信，尤其是在挤满人的屋内，而且全身的疲劳使我的信平淡乏味，无法兴致盎然。由于室闷的酷热，我在朗蒙特一夜未眠，起身时既紧张又烦躁，几乎打消来此的念头。可是平原上的日出，落基山脉美妙的朝红，以及反映在东方天空的美丽色彩，又把我的精神提振了起来。房东弄来了一匹马，可是不能保证它会安驯，在峡谷的那次坠马把我吓怕了，真希望《格里利论坛报》没有喧嚷我的骑术，这项声誉一直追随我到这里。他说，要当我向导的那名年轻人"看起来很天真"，我还没体会出这句话是否正确。当那匹马八点半出现在街上时，我惊慌地发现那是一匹出身马厩的漂亮纯种马，鼻子、眼睛、耳朵都不停抖动。我的行李就像在夏威夷一样，绑在墨西哥马鞍后面，帆布袋则挂在角钩上，可是这匹马看起来不像是能"提供服务"的样子，似乎还得仰赖两个人使劲抓住又哄又劝。附近总有些闲逛的人，让我有点不好意思穿着我旧夏威夷骑装走出去上马，修斯医生及修斯太太向我保证，我看起来十分"不惹人注意"。我们终于在九点钟离开，房东嘴中不停说道："啊！你真是个女英雄！"

万里无云，天空一片深亮的蔚蓝，阳光虽然炙热，但空气新鲜爽利。这趟骑行所带来的得意与愉悦，足以媲美夏威夷哈纳莱伊①及莫纳罗亚火山之旅。我立刻感觉神清气爽，马的步

---

① 位于夏威夷群岛考爱岛北海岸的一座村落。

调与脾气也好极了——强健有力，动作有弹性，步履轻盈快捷，只要一拉颈部的缰绳，它就会优雅地轻轻跳动，真是个快乐讨喜的东西，与它在山中逗留一天实在是一种享受。它真是温柔，我跨下马步行时，它不须牵引就会自行尾随而来，也不介意我从哪一边上马。除了它的摇晃让人感到十分舒服之外，它有和夏威夷马相同的如猫般稳定的步伐，不论是在河床崎岖的急流中涉水、在乱石残枝间跑动，或是下陡坡，它都步伐稳定；骑着它行百英里路，可以像走二十五英里般轻松如意。我们才相处两天，就已经成为亲密的友伴，而且彼此了解甚深。在长途的山旅中，我可以不需要另找同伴。这匹马儿的所有表现，都是因为自小在没有棒棍、鞭子或芒刺的环境中成长，而光靠声音训练、受人善待的结果。令人高兴的是，西部大部分的马都是在这种情形下长大的。因此，除了布朗科马之外，这些马儿们都以智慧提供人们服务，就像个朋友，而不是一部机器般呆板地工作。

我不仅心情为之轻松愉快，也因为它愉快的步调而感到兴奋。太阳在我们的后面，一股清凉奔动的空气由前面壮丽的山上推涌而下。我们在草原上快走了六英里，来到了美丽的圣佛兰峡谷，在它的开口处，有一道狭长多林木的谷地，一条我们多次穿涉的明亮急流穿梭其中，蜿蜒曲折不知尽头。噢，那闪耀阳光下舞动的水波，那似吟似唱的潺潺水声，多么像夏威夷迎风的小溪啊！虽然那个"看起来很天真"的年轻人来过此地，我们却一次又一次地迷路；事实上，此处真需要一点天赋才可能记住并熟悉错综复杂的羊肠小道，不过在紧要关头总有割草的垦荒者出现，把我们带回正路。在看过枯黄的平野之后，感觉这里真美，而且变幻无穷。河棉树是翠绿的，白杨颤动着金光，野葡萄藤拖着柠檬黄的枝叶在地面攀爬，弗吉尼亚蔓藤深红色的小枝条点缀其间，把绿与金衬托得更加耀目。在彩色缤纷的树荫枝叶间，我们不知不觉地进入了凉爽的圣佛兰，然后沿着它的边缘，高耸的悬崖及不可思议、光彩夺目的岩石间穿梭前行，这些岩石罩着、缀着、洒着各色的洋红、紫红、银绿，以及任何艺术家都表现不出来的蓝、黄、橘、紫、暗红等色彩，我根本无法以这支秃笔加以形容。在这之前，闪耀在绿影之上的美妙的朗斯峰突然不见了，二十英里之内找不到它的踪迹。我们进入了一个上升的谷地，这里，黑松的蓝色浓荫使岩石的彩色更加华丽，然后我们走上一条朝西北方向的小径，把柔美的世界以及带有任何人工意味的东西都抛在身后，踏入落基山脉。

我引领跨下的马儿上升到美妙的高处：变幻莫测的视野持续出现，带来不断的惊喜；每踏出一英里，空气就更加锐利清纯，遗世独立的感觉也更加奇妙。在岩石与松柏间急速上升到九千英尺高处，我们来到一条穿过石墙七英尺宽的通道，然后陡然下降两千英尺，又再拔高。我不禁回头一瞥，从没见过如此怪异的景色。我们通过的是一条似刀般的山脊，完全由红砖似的鲜红大岩石天然堆砌成，有些岩石大如爱丁堡的皇家学会，由泰坦神① 一块又一块层层堆叠起来。黑松由岩石的裂隙间伸

---

① 希腊神话中天神乌拉诺斯和大地女神盖亚所生的十二个儿子之一，据称力大无比。

出,不见任何泥土的踪迹。这之后是一道又一道的岩墙,一层又一层更高的山脊,直冲入蔚蓝的天空。大山脊过去十五英里有余,是一些幽暗狭窄的林荫小径,我们必须走在小溪挖空的河床上。金字塔形的硕大岩石周围镶着松树,直指长空,穿入美丽的高地"公园"。一堆堆猩红色的毒橡树,如此美丽地被大自然安排在其间,让我以为自己走进了一座大庄园,不过一整个下午,这一切都是属于头戴羽冠的蓝雀以及花栗鼠。在这里,清晨,花鹿、巨角野羊及庄重的羚羊会来觅食;而那边,夜晚时分,则是咆哮潜行的落基山狮、大灰熊及虚伪野狼的天下。这里有很深的山涧,松树深蓝色的幽光使它们看起来格外阴暗,山脉的尖峰闪烁着雪光,景色由可爱到令人昏乱,由壮大到令人生畏,还有小溪及浅水潭,以及阴森的树荫;山外还是山,浓密的松林中,成堆的白杨闪烁着金光;山谷中,黄色的河棉与猩红的橡木纠缠不清,如此美景,一幕接一幕,直到这条偶尔会失去踪迹的漫长的林荫小径变成清晰的小路,我们于是踏进了一道松树包围、绿草如茵的宽广长谷。

一匹美丽的跛行牡马正在吃食,一条长毛牧羊犬对着我们直吠,小径不远处的矮树丛间,露出一间简陋的小木屋,残陋得不知能否避风雨,屋顶及窗户都冒着烟。我们走上通向此屋的岔道;不管这是不是出了名的"无赖汉"或"亡命徒"的家或窝。我的一个同伴数小时前失去了踪影,剩下的这一个则是在城市长大的年轻人。我急欲找一个爱山的人说说话。我把这屋棚称为"窝"——它看起来就像一只野兽的窝。那条大狗躺在门外，一副警戒的神色，不断咆哮。泥屋顶上盖满了晾晒的山猫、海狸及其他动物的毛皮，海狸的爪子被钉在木条上，一只鹿的残骸挂在木屋的一端，一只剥了皮的海狸放在门里一堆毛皮上面，鹿的角、旧马蹄，以及许多动物内脏等废弃物，散落在小屋各处。被狗的狂吠唤起，它的主人走了出来，是一名宽阔结实的人，中等身材，头戴一顶旧帽子，身上穿着破烂的旧猎装（事实上几乎已破成碎片），腰缠掘食族围巾，皮带上插了一把刀，"一个亲密的伙伴"——左轮枪——从他外衣前襟的口袋钻出；他显得瘦小的赤脚穿着一双马皮制破拖鞋。令人惊异的是，真不知他是如何把衣服挂在身上的，腰间的那条围巾必定有所作用。他的相貌显眼，年约四十五岁，十分英俊。脸部轮廓很深，有一对蓝灰色的大眼睛，浓眉，英挺的鹰钩鼻，以及十分漂亮的嘴。除了一撮小胡子和下唇下方的黄帝须之外，脸刮得很干净。茶黄色没有梳理的薄细卷发覆垂在猎帽下的衣领上。他失去了一只大眼睛，使他半边脸看起来很可怕，另半边脸却英挺如大理石像。"亡命徒"的字样大大地写满了他全身。我几乎有点后悔要与他相识。他的第一个反应是要张口骂狗，但一见是位女士，立即克制住，踢了狗一脚，然后迎上前来，对我提了提帽子，露出英俊的额头，十分礼貌地问我有什么他可以帮忙的。我要了一些水，他用一只打坏的水罐装来给我，一边客气地道歉没有更好的容器。于是我们开始交谈，他说话时我完全忘了他的名声和容貌，因为他的态度像个侠义的君子，声调优美，词语流利文雅。我询问了一下正在晾干的海狸爪子，片刻之后它们已挂在我马鞍的角钩上。至于这个区域的野兽，他告诉我，他失去的眼睛就是最近遭遇的一只大灰熊造成的。灰熊扑向他之后，把他抓咬得遍体鳞伤，弄断了他的手臂，抓出了他的眼球，想置他于死地。我们离去时，太阳正要下山，他礼貌地说："你不是美国人，我由你的口音知道你是我的女性同胞。我希望你能允许我有荣幸与你交往。"① 这个区域的人们称他为"落基山的吉姆"，或更简单的"山中的吉姆"，是这片平原上有名的家伙，一个有关印第安人边界权益故事中的勇猛正身。到目前为止我所听到的是，他这样的人现在已无立身之处，因为在科罗拉多，打打杀杀的这个部分已成过去，许多勇猛探险者的名声被犯罪行为玷污了，而这些罪行在这里是不容易被人遗忘的。他现在有一张"政府公地合法居留证"，却是以捕兽及贩卖皮毛维生，全然就是个山的孩子。至于他对妇女的真诚与侠义是毋庸置疑的，只是他的性格冲动偏激，动不动就"勃然发怒"，大家认为最好还是躲开他；同时也觉得他住在"公园"唯一的入口，实在是件很糟的事，因为他有枪支，如果他不在那儿会比较安全些。由我的屋主对他的论断可以听

---

① 这个不幸的人，九个月后在距他木屋不到两英里的地方被枪击毙。在以后的信件里，只有他出现在我面前时，我才提他。毫无疑问地，他的生命受到罪行与邪恶深深的污染，他的恶名是自招的。可是在我与他交往期间，他表现的是高贵的本性，而不是性格中黑暗的一面。他性格中的暗沉，不管是对人或对己都十分不幸，而在他悲剧的死亡时刻，这个性格显现出最丑恶的一面。在我离开科罗拉多之后，事实上是在他死后，我才听到他性格中最坏的一面。——原注

出他易犯的罪行："清醒的时候，吉姆是个标准的君子；可是一旦他喝了酒，可就成了科罗拉多最可怕的暴徒。"

由这道深谷外九千英尺高的山脊上，我们终于看到了一千五百英尺下、沐浴在夕阳光辉中的埃斯特斯公园。那是个不规则的盆地，被湍急的汤普森河的水光点亮，巍巍巨山龙盘虎踞，朗斯峰高耸于其上，庄严不可攀。而雪岭与树木茂密的支脉冲着公园倾泻而来，中间被浸淫在紫色幽光中的巨谷割裂。急湍似血红，朗斯峰如火般辉耀，天堂的光辉灿烂在地上重现。不论在何处，我从未看过可与俯瞰埃斯特斯公园相媲美的美景。那些"在极遥远地方"的山脉如今都近在眼前，比远眺更令人惊叹，更加逼真，逃脱了想象。对山的热爱攫住了我，在给了我毫不疲惫的马一声鼓励之后，它一溜烟地在平滑带草的地上跑了一英里。可是我饿了，空气又颇为冰冷，我开始想象这块迷人之地的食宿会是如何。正在此时，我们突然来到一面小湖，湖边有间平泥顶的光洁木屋，以及四栋比它小的木屋；附近美丽如画地散落着两个畜栏、一架长棚——长棚前有人正在宰杀一头牡牛——一架有水轮的木造牛奶棚，一撂干草堆，以及许多生活舒适的痕迹；两个骑着马的人正赶来几头乳牛，准备挤牛奶。一个矮小带笑的人向我跑来，开心地跟我握手，颇令我惊奇；不过他后来跟我说，黄昏暗弱的光线使他误以为我是"山中的吉姆穿上了女装！"我看出他是我的同胞，他自我介绍叫葛里夫斯·艾文斯，一个威尔士人，原住在兰贝里斯附近的石矿区。木屋门打开时，我看到一间大房间，不过缝隙没

第六封信

有填满，窗是要命的玻璃，可以两面看透；一座粗糙的石壁炉，里面正烧着有我半人高的薪柴；地上铺了地板，摆了一张圆桌、两把摇椅，以及一把罩了毛毡的原木长椅；兽皮、印第安弓箭、贝壳装饰的腰带、鹿角等很巧妙地装饰在粗糙的墙上，长枪也同样巧妙地堆在角落。七个男人抽着烟、散开躺坐在地上，一名病人躺在长椅上，还有一位中年女子坐在桌边书写。我走出去问艾文斯能否让我寄宿，本以为他会对我摇摇头，但令人喜出望外地，他告诉我可以给我一个人一栋距他自己住处两分钟步程的木屋。于是，在这美丽绝伦的高山上，背倚着山中的松林，面迎着清澈的小湖，在朗斯峰山脚下的深蓝幽谷中，在草上终年每晚结霜的七千五百英尺高处，我找到了超过我梦寐以求千百倍的梦境。

第七封信

科罗拉多埃斯特斯公园,十月

直到此时,我才决定提笔写下攀登朗斯峰当时无法写的信,我非常讨厌写它,尤其我根本无力描述朗斯峰的恢弘壮丽、庞大孤独,以及那令人无以名状的惊叹,好使旁人能略窥我从星期一开始逗留了三天的绝景。

朗斯峰,一万四千七百英尺高,阻隔了埃斯特斯公园的一端,相比之下,附近的山峰全成了侏儒。白雪覆盖的一侧,滋生出明朗的圣佛兰河,以及大、小汤普森河。在日光或月光里,它银灰色晶莹的闪光紧紧吸引了人的目光,不论是鹿、巨角野羊、鼬鼠或大灰熊,都无法分散你的注意力。所有的暴风雪也都源于此,闪电在它头顶欢腾,仿佛欲加荣耀于其上。这是最高贵的一座山,然而,在人们的想象中,它已不仅仅是一座山,反而拥有了一种特殊的人格特质。人们可以幻想,在它众多的山凹和深渊中,创造出阵阵的强风,串连,然后在最疯狂的时刻加以释放。雷是它的声音，闪电向它臣服。其他的山峰在晨曦的点吻后，立即转为苍白，而它却能保有第一道曙光，在它头顶停留至少一个小时，然后欣然地由玫瑰红转为深蓝；夕阳更是对它意乱情迷，久久不肯离去。在这里几乎无法吹动松针的柔风，在它屹立不摇的巅峰四周狂呼怒号。它有火的标记，和活火山一般隆起，但少了夏威夷活火山的那种生气蓬勃。在它的阴影下，人们可以自然地习得对于大自然的崇敬；大自然在人们心中造成的慰藉力量，是无与伦比的。

朗斯峰，有人称它为"美洲的马特洪峰"[1]，在五年前首次被人类征服。我想要试一试，可是在星期一艾文斯赴丹佛之前，这计划被浇了冷水。季节已经太晚、风很可能太强等等；然而，就在他离去之前，艾文斯说天气好像已经稳定下来，如果我不超过树木生长线，值得一试。他离去后不久，"山中的吉姆"来了，他说他可以当向导，两个与我一起由朗蒙特来的年轻人以及我自己都十分赞同这个建议。爱德华斯太太立刻烘焙了三天所需的面包，并由挂在那边方便割取的牡牛身上切下牛排，另外还慷慨地加进了茶、糖及牛油。我们的野餐干粮并不豪华，也非"十全十美"，为了省下驮物骡子的费用，我们的行李仅限于马能负载的分量。我的马鞍后面带了三床露营用毛毯及一条拼花被，堆叠到与我肩膀一般高。我的靴子已经破得不像样，即使在公园附近行走，脚也很痛，因此艾文斯借给我一双打猎

---

[1] 马特洪峰，法国称塞文峰，意大利称切尔维诺峰，为阿尔卑斯山脉中最著名的高山之一，标高四千四百七十八米。

靴，挂在我的马鞍角钩上。由于我们必须有足够的御寒装备，那两名年轻人的马也同样载满了东西。"吉姆"的样子令人吃惊：他足蹬旧高筒靴，下身是件松垮的鹿皮裤，用一条围巾绑住；一件皮衬衫，上面套着三四件缺纽扣的破烂短外套；一顶扁旧的便帽下，露出他茶黄色的鬈发；加上他的独眼，他的长刺马钉，刀插在皮带上，左轮放在外衣口袋里，鞍上盖了一张海狸皮，皮上垂着狸爪；他的露营毛毯放在身后，长枪横在身前，斧头、水壶及其他一些东西挂在角钩上。他是你看见过的最丑的坏蛋。然而他骑的马却是一匹阿拉伯小牝马，极美，易惊，活泼，温柔，但总体而言对他来说太轻巧了，而且他不断激怒马儿要它尽力表现自己。

我们的马都满载装备而行，一开始半英里长的平坦草地，"吉姆"放马慢行，然后他一拍马臀追了上来，以优雅的态度开始与我交谈，我很快就忘了他的外貌，一谈就超过三小时，没有留意山旅途中所经历的无数次涉水、窄径单行、突然的上坡下坡，以及其他的许多小事。这趟旅行是对"公园"与林间的小空地、对湖泊与溪流、对重重叠叠的山峦的一连串感叹与惊喜，这种感觉在我们翻越了一座一万一千英尺高的边山，看到朗斯峰裂开的尖峰时，沸腾到顶点。在这里，它看起来更宏伟、更令人敬畏。西斜的太阳，每小时都为它添加不同的美色。黑松映着柠檬色的天空，灰色的山巅染上了霞红，而烟云似幻的深壑则是深不见底的蓝，金光闪烁地奔流涌入万丈深谷，周遭的一切是绝对的纯净，偶尔近处的河棉与白杨炫耀着它们的红与金,使松树的幽蓝更加浓郁,潺潺的溪水镶上了冰柱,飒飒的强风在松顶吹袭——不似低地沙沙的叹吟,而是高处孤绝冰冻的怒吼。离开埃斯特斯公园枯黄的草地,我们走上一条崖上有松柏倒悬的深谷边的小径,爬上一座长满松树的陡坡,下行到一个小山谷;这里盖满了被太阳晒干的细草,约有十八英寸高,四周高山矗立,它最深的洞是一潭长满了野百合的湖水,真是名副其实的"百合湖"。啊!湖水沉睡之时,美如魔幻,"那边"黑松倒映在静止不动的浅金里,"这边"百合的白玉杯与深绿的叶子却娇懒地躺在一带暗紫的湖水中!

从这里开始,我们上升进入闪着幽暗紫光的大松林,松林围绕着群山直到大约一万一千英尺。在清冷孤寂的广大松林深处,我们瞥见了金气烟涌的玫瑰红山头,不是在"极遥远的地方",而是近在咫尺,更显示出它的宏壮——而且,穿过远处紫色深谷的裂口,可以瞥见无垠的平野完美地躺在夕阳下,那片棕色的广大土地,好似迷蒙的金波,不停地在日落时的大海中翻腾。

我们在幽暗的光线中继续经由一条林中标出的陡峭小径上行,我全副精力都放在避免被岔出的树枝拖下马,或是不让毛毯像其他人一样,被尖利如刀的枯枝干扯破,这些枝干几乎把小径盖得无处可行。马匹几乎喘不过气来,每隔几码就要停一下,除了我以外,其他人都下马徒步。这个阴暗、浓密、古老、寂静的森林,让我生出无限敬畏。这样的傍晚,除了枝叶在微风中的抖动声、腐枝断落声,以及松顶似近处水瀑的细吟声之外，一片幽静，所有这些宁静的声响营造出一种"怪异"及"不同于苦痛"的悲怆气氛。伐木者的刀斧从没有在此挥落过。树木在过了生长期后，依然挺立，然后死亡光秃，直到强劲的山风把它们横倒。越往上走，松树越小也越稀疏，最后一批挣扎而出的树，像是经历了战火的摧残。过了林木生长线后，稍高处有一处朝西南倾斜的草坡，坡下是一条夹着冰块与小冰柱潺潺流下的溪流；那里矗立着一堆美丽的银衫，而那就是我们的营地。这里的树都很矮小，但如此独特的排列，让人禁不住要问，是哪双艺术家的手栽植了它们，把它们散落在这里，聚集在那儿，又把它们的细枝干修剪得穿向天堂。自此以后，每当我忆起令人惊叹的景色，由这个营地望出去的景致就会出现在我眼前。向东望去，峡谷开向远处的平野，然后消失在紫灰的雾色中。山脉由松树围绕的底部绵延升起，或孤独地展现出它们的灰色山头；离我们三千英尺之上，是朗斯峰高秃的灰岩，它沐浴在红色阳光下的巨崖，久久留在我们的眼中。靠近我们，山顶有凹洞的一面，由于它的高度，终年积雪。很快地，夕阳剩下了余晖，在它消失之前，一轮半月出现在天际，月光穿透银蓝的松针射向背后的白雪，把一切变成了仙境。随信附上的"照片"是一位勇敢的丹佛艺术家的作品。就在我抵达之前，他企图登高，可是在林木生长线露营了一个星期，被暴风雪阻挡，只好回头下山，在离顶峰三千英尺的地方，留下了一些十分昂贵的器材。

卸下马鞍，拴牢马匹，以幼松枝铺成床，拖了些木段过来当燃料，使我们大家都温暖起来。"吉姆"生了一堆熊熊的火，没多久我们就围着它吃起晚餐。我们不在乎喝用打坏的肉罐子煮的茶，也不在乎没有刀叉碗盘来吃用松枝熏烤的牛肉条。

"以对待绅士的态度对待吉姆，他也会回报以绅士的态度"，人们如此告诉我；虽然他的态度比一般绅士大胆放任，但没有什么逾规的地方。他的举止像个有教养的人，又不失孩童的纯真，令人乐于亲近；完全不见他凶恶的一面。非常幸运地，他对我仁慈有礼，而那两名年轻人连最普通的礼貌都不懂。那天晚上我认识了他那只号称科罗拉多最好的猎犬"铃"，它有牧羊犬的驱体与四肢，近乎猛獒的头，一张高贵的脸带着人类深思的表情，一双我从没在动物身上见过的忠诚的眼睛。如果它的主人爱过任何东西的话，无疑是爱它的，但他暴烈的性格却使它受到虐待。"铃"对主人的忠心并没有因此转向，它那双忠诚的眼睛极少离开过主人的脸。它有近乎人类的智慧，除非受到指示，除了"吉姆"它不会注意任何人。它的主人以对人的口吻指着我对它说："铃，到那位女士身边去，今晚都不要离开她。""铃"立刻过来，注视我的脸，把头靠到我肩上，然后在我身边躺下，头放在我腿上，可是眼光一刻也不离开"吉姆"的脸。

松树的长影躺在霜冷的草上，一头野牛停停走走地经过，明亮的月光撒落在我们红色松木堆跳动的火焰旁，不禁显得分外苍白，火光映在我们的行李、我们身上，以及"铃"忠实的脸上。一名年轻人唱了首拉丁学生情歌，以及两首黑人歌曲；

另一人则唱了《甜蜜的圣灵，请听我的祈祷》。"吉姆"以奇特的假声唱了首摩尔的歌，然后大家合唱《星条旗之歌》①及《红，蓝，白》。然后，"吉姆"又朗诵了一首他自己作的诗，讲了些吓人的印第安故事。离火较远的一堆小银杉是我睡觉的地方。上天艺术的手把矮枝织成一张树帘，立即提供了一个避风又隐蔽的处所。厚厚的幼松枝上盖了毛毯，马鞍翻过来当枕头，我做成了一张舒适的床。晚上九点时，水银柱是零下十二度（约零下二十四摄氏度半）。"吉姆"再次巡视了马之后，生起了一堆大火，就在火边躺下，但"铃"躺在我背后替我保暖。我一夜无眠，但这一夜过得很快。我为明晨的攀坡感到焦虑，因为劲风的怒响声阵阵扫过松林；接着，野兽开始吼叫，"铃"对此颇为烦躁。看见这个声名狼藉、满手血腥的亡命徒，睡得如此沉静无邪，实在是很奇怪的感觉。不过无论如何，躺在这里，只有一张松树帘遮挡，在一万一千英尺的高山上，在落基山脉的心脏，在零下十二度的气温下，远闻狼嚎，闪烁的星星透过松香眨眼；笔直的松干为床柱，营火的红焰为夜灯，斯情斯景令人兴奋。

太阳升起前很久，天就已经亮了，亮起一派清纯的柠檬黄。其他人都在照顾马匹，年轻学生中的一人跑来告诉我，得尽快赶往斜坡下，因为"吉姆"说从未看过如此的日出。从头顶冷灰的峰巅，从终年的积雪上，从银色的松树间，穿越一层层深

① 美国国歌。

紫的山脉，我们看到静止的平野，一片蓝灰，好似晨光中的海洋推向远处的地平线。突然，先是一缕炫光，再迅速扩大成一枚耀目的球体，太阳滚出了灰色的地平线，光彩夺目犹如宇宙初创。"吉姆"本能而恭敬地取下帽子，赞叹道："我相信上帝的存在！"我感觉自己像是拜火教徒，有股非礼拜不可的冲动。平野的灰变成了紫，天空是一片玫瑰红的光彩，上面浮着深红的云丝；诡异的山峰像红宝石般闪烁着，天与地初创。当然，"最高的居所不在人手所造的寺庙！"整整一小时，那些平野就像是海洋，倾泻一片无垠的紫，轻拂过峭壁、岩石和隆起的土地。

七点钟，早餐用毕，进入更可怕的孤寂。我尽可能骑马走到所谓的"火山岩床"——不管这称呼是对是错——那是一大片大大小小的岩石，裂隙中藏着白雪。真冷；我们走过的溪水大都已经冻硬得可以行马。"吉姆"劝我不要把自己包裹起来，而我的夏威夷骑装只适合热带气候，刺骨的冷风不停穿透，稀疏的空气使我们呼吸紧迫。我发现艾文斯的靴子太大了，我的脚无法着力。幸运的是，在真正难攀登开始之前，我们在岩石下找到了一双小一点的套鞋，可能是海登探险队留下的，刚好可维持一天。当我们在跳进岩石间时，"吉姆"说："我晚上在想有关你一个人单独旅行的事，我奇怪你把大口径的短统手枪带在哪里，我看不出来。"我告诉他我没携带武器旅行，他简直无法置信，恳求我立刻去弄一把左轮。

抵达"V字标记的地方"（岩石真正的门），发现我们身处刀一般的山脊上，也就是朗斯峰的背脊，只有几英尺宽，盖满了巨岩及碎石，一边陡直下斜，一块块的雪地绵延三千英尺，把低处装点成一幅美丽的图画，其中包括一面漾着透绿水光的湖泊。稍远处，还有些湖泊藏在浓密的松林间；那儿耸立着峰巅，大约有五百英尺是光滑看似不可攀的巨岩。穿过"V字标记的地方"，我们仰望峰顶几乎不能攀登的一面，它由巨石和形状不规则的大小"残砾"所组成，由这些岩石的缝隙中，可以看见红色花岗岩宽阔光滑的石纹，看起来它们像是举着顶上的那块巨岩。通常我不喜欢鸟瞰或综观全景，不过，现在虽然是从山上望去，所见也非全景。没比我们矮多少的山脊，一层又一层地隆起，纯净安宁，绵延铺展至视野之外，或而断裂成冰雪覆盖的深壑，或而隆起成冷硬贫瘠的灰色高峰，刺向蔚蓝的天空，绵延不断，直到最远的山头变成银白的雪峰。还有美丽的湖泊，倒映深色的松林，峡谷中黑蓝的松柏浓郁连绵，白雪刮割的山尖、冷漠的高地，衬托出葱郁水秀的迷人的夏末公园。"北公园"融入远处的蓝雾，"中公园"要到下一季才开放。埃斯特斯公园向阳的山坡，迂回蜿蜒，消失在大分水岭雪封的山脊中，而大分水岭明亮的河水朝大西洋及太平洋寻找它们的出路。山下远处，一连串闪闪的晶亮显示大湍的所在，它流经神秘的科罗拉多，带着满腔的疑问，迷失在太平洋的潮水中；近处源于融雪的汤普森河，夹着冰雪，奋勇地开始它流向墨西哥湾的旅程。大自然十分放纵地以宏大、孤独、崇高、美丽、无量的声音感叹道："上帝，你衷心顾念、不时探访的人类，究竟是什么？"

那是永难忘怀的荣耀，烙在我心底不可磨灭，持续六小时的可怕经历。你知道我笨手笨脚，根本不应该梦想登山；如果我知道再往上爬是真正的登山大考验，是绝对不会有此念头的。即使如此，我仍对自己的成功感到惭愧，因为这纯粹是"吉姆"用他的蛮力，把我像拖行李那样拖上去的。在"V字标记的地方"，真正的攀登才算开始。两千英尺的完整岩石在我们顶上，四千英尺的陡峭碎岩在我们下方；到处是光滑的花岗岩，几乎没有落脚的地方；雪融了又冻，反复好几次，造成更大的障碍；岩石松动，一触就滚落。对我而言，那真是恐怖的经历。我和"吉姆"用绳索连结，但那没有多大用处，我的脚僵住了，在光滑的岩石上不断打滑，他说这样子不行，于是我们又折回来。知道我会拖累整个团体，我欲回到"V字标记的地方"，而且年轻人之一很明白地说，女人是个危险的累赘。可是那个猎人简单扼要地回答道，如果不带女士上去，他就不去了。他去探勘了一下，回说登顶的正确路线遭冰封阻挠，于是我们又花了两小时的时间下坡，冒着落石的危险，用手把身体从四千英尺遍布冰雪又覆满岩石的陡坡，一点一点移下去。如果不是"吉姆"不管我愿不愿意，本着我应该攻顶的信念，耐心十足又技巧丰富地硬拖着我，以我疲劳、眩晕的身体，以及疼痛不堪的带伤脚踝、半脱臼的手臂，我是连一半路都走不到的。在下行了两千英尺、躲开了冰雪之后，我们进到没有路的那一面深谷，谷中一部分被冰雪封存，一部分被不时滚落的碎石填充，落脚十分不稳。这两小时对我而言，除了痛苦之外，也充满百般的不情愿，我只能屈从不可避免的事实；我颤抖、摔跌，因用力过猛而受伤，在最意想不到的情况下遇到滑冰，无用地恳求独自留下而其他人继续前行。"吉姆"总是说前面不危险，只有一小段不好走的路程，即使他背我，也应该上去！

跌跌撞撞、蹒跚而行，在稀薄的空气中辛苦地呼吸，心脏阵阵的悸动，肺部不停地气喘，我们到达了深谷的顶端，勉强挤过两块碎裂大岩石的间隙，一个名为"狗打洞"的通道，然后我踩在一个人的肩头，再被拉上去。我们眼前突然由峰顶的西南面转入一条颇长的窄崖径，崎岖不平，有些地方顶上悬崖倒挂，我们必须蹲下才能通过。头顶，朗斯峰几乎是垂直耸立着，有四百英尺高；脚下，是我从未见过的深崖，一泻而下。这里一般认为是登峰最危险的一段，但在我看来并非如此，因为落脚处颇为稳固，用双手就可以扶牢。反倒是最后的那段攀爬，我认为最是困难，只要一失足，刹那间就可以摔死在三千英尺之下，血肉模糊！"铃"拒绝穿过岩石的缝隙，留在"狗打洞"，可怜地嚎叫。

从这里开始，视野就比在"V字标记的地方"更加美得惊人。我们脚下的峭壁之下，有一面林木环抱的可爱湖泊，清澈的圣佛兰河和一些不知名的溪流由此起源。我在想，它们清冷的河水畅流在土地上，之所以会变得浑浊不明，或许是由于炎阳的曝晒吧。这些流水最后聚流成大洋河，拍打远处岛屿的岸滩，提供水源，使它们适于人居。一层又一层的白雪山脊延展到天边，冷漠地包围美丽的"中公园"。大约一百英里外的派克峰，高举着它大而不成形的山峰，成为南科罗拉多的地标。雪原、雪痕、雪道，孤零零的雪，大片的雪，洁白而令人目眩的雪，在所有山脉的紫松袍之上，发出晶莹剔透的闪光；而在一望无际的东方，是无垠的灰绿大平野。在它们龟裂的地面背后，到处都是巨大的山。从这以后，只需一眼，就能望出三百英里——往西、往北、往南，都是一万、一万一千、一万两千、一万三千英尺的高山，而主峰群如朗斯峰、格雷峰、派克峰都有几近勃朗峰的高度！在大平野上，我们以河棉树丛为指标寻找河流的踪迹，直到发现远处的普拉特河。横亘在我们与普拉特河之间，是壮丽的山脉、峡谷及湖泊，沉睡在令人销魂的深浓蓝紫的山光水影中。

爬绕过一块突出的岩石之后，我看到让我头晕目眩的最终目的——朗斯峰峰巅的真面目——一块表面光滑绽裂的粉红色巨岩，陡峭垂直，几乎不可攀登，真不愧为"美洲的马特洪峰"[①]。

"登上云梯"，而不是攀爬，恐怕是最后这段上坡最好的形容词。花了一小时才完成了五百英尺，每一两分钟就得停下来喘气。唯一的落脚处是狭窄的缝隙，或是岩石微小的突出部分。一边膝手并用地爬，一边把脚趾塞进裂隙或不明显的突出处，还要忍受口渴、气喘、挣扎呼吸的煎熬，这就是攀爬的经过；不过，顶峰终究被征服了。这是一座明显的巨大山巅，一块将

[①] 请真正的登山者不要受我的描述诱惑去攀登朗斯峰。对我而言是可怕的经历，但对高山俱乐部的会员，恐怕根本没什么大不了，不值得一试。——原注

近一英亩大的平坦岩地，四周全是峭壁，我们上来的路线是唯一可攀登的通道。

我们不能待得太久。有个年轻人严重警觉到肺部出血，而且在将近一万五千英尺的高处，空气极端干燥稀薄，呼吸变得相当痛苦。山顶上到处是水，可是冻得像岩石一般硬，吮吸冰块或雪块反而会渴得更厉害。我们全都严重缺水，不停的喘息使我们口舌干燥，连发音都有困难，说话变得极其不自然。

在峰顶，视野是无与伦比的，一眼可看尽我们一路上来所享受的美景。终于能站在这落基山脉孤独的风暴裂口、北美洲大陆的脊柱顶上，看着两大洋水流的起源，实在是一种难以形容的感觉。超越爱与恨，以及感情的风暴，宁静存在永恒的寂静中，和风缓缓吹动，沐浴在鲜明的蓝空，和平降临到这山巅晴朗的日子里，如同世外桃源：

无雨、无冰、无雪，
也无风暴之地。

我们把大伙的名字、攀登的日期写下，放进裂缝中的一个罐头里，然后下坡到光滑岩石狭长突出的地方，再次把脚挤进裂隙或突出处，用手把身体降下。"吉姆"走在我前面，这样我可以把脚踏在他稳固的肩头。我不再眩晕了，而且面对三千五百英尺的峭壁，也不抖一下。再次通过岩石狭长突出的地方及"狗打洞"，我们下降了一千五百英尺的冰雪之地，虽然摔跌碰撞，但没有大不幸，在那里我们与年轻人分手，他们走最直接但陡峭的路回到"V字标记的地方"，作回程的准备。而"吉姆"和我则走我们认为对我较安全的路——由岩石地下降两千英尺，再攀登一大段到"V字标记的地方"。我摔了好几跤，有一次长袍被岩石勾到，我就被倒吊着，"吉姆"用猎刀把它割断，我摔到一个积满软雪的凹洞中。由于冰的阻挡，我们被迫下降到比他原来打算更低的地方，结果攀登了更长的路。最后两百英尺的岩石巨大，而且陡得吓人。有时候我用手和膝把自己撑上去，有时候是爬的；有时候"吉姆"用手或用绳索把我系住拉上去，又有时候我站到他的肩头，或者他用手或脚给我做踏阶，不过，六点钟时，我们终于站在有美丽夕阳映照的"V字标记的地方"。所有的颜色更浓郁，所有的山头更耀目，所有的阴影都变成紫色，所有的危险全过去了。

当我们与那两个年轻学生分手后，"吉姆"完全抛下了"粗鲁的态度"，变得超乎一切的温柔体贴，不过我知道，他必定对我的勇气与精力感到十分失望。水是我们现在最想要的东西。我的舌头在嘴中嘎嘎作响，却难以发声说话。得经历严重的口渴之后，才会同情别人口渴。那真是：

水、水，到处都是水，
却没有一滴能喝。

有三次明显的闪光，欺骗了登山者锐利的目光，我们找到的是一英尺"反光的冰"。终于在一个深洞中,他顺利打穿了冰,把手伸到很深的洞底,兜起一丁点的水,真是少得让人受不了。经过很大的困难与协助,我又穿过"火山岩床",由马载,由他扛抬;当我们终于抵达营地时,他扶着我下来,把用毛毯卷裹的我放在地上,于是我很没有面子地结束了这趟伟大的历险。马已配鞍,年轻人准备好要出发,可是"吉姆"平静地说道:"现在,先生们,我需要一夜好眠,我们今晚不离开这里。"我相信他们很高兴他如此决定,因为其中一个已快"完蛋了"。我回到我松帘后的床,把身子紧紧裹上毯子,很快就入睡了。当我醒来时,月亮高挂在天上,月光穿透银色的枝条,照耀着身后白雪覆盖的深渊,苍白又光秃的顶峰耸立在上,松木火堆在冷静的空气中像营火般熊熊燃起。我的脚冰冷得让我无法再入睡,于是我卷起一些毛毯垫在背后,在火边坐了两小时。那真是奇妙又不可思议的美丽经验。学生们睡在不远处,脚对着火。"铃"躺在我身侧,漂亮的头枕在我手臂上,而他的主人则坐着抽烟,火光照亮了他英俊的侧脸,除了我们谈话的声音,以及松木结经燃烧偶尔爆裂出的响声之外,山里万籁俱寂。我远处家乡挚爱的星星就在头顶,北斗星及北极星散发着它们永恒的光;金牛星是我前所未见的硕大,而"猎户星座皮带上的钉饰"耀眼闪亮。只有一次,因为某种野兽接近营地,"铃"一跃而起,由我身边消失;拴在溪边的马匹挣断了系绳,踢跳着朝火堆奔来,整整花了半小时才抓住它们,使它们安静下来,重新拴好。"吉姆",我总是小心翼翼地称呼他为纽金特先生,

第七封信 87

讲了一些他少年时候的故事，非常遗憾，他必须过着这种不讲法律的亡命生涯。他的语调哽咽，泪水滚下他的脸颊。我不知道是他不由自主，还是他罪恶的灵魂被这极端的寂静、美景，以及对幼年的回忆所搅动？

我们在第二天的中午抵达埃斯特斯公园。我没有再去尝试更顺利的攀登顶峰，也绝不愿以世界上其他地方的登山经验，来换取对这美丽无瑕与极端壮丽的回忆。昨天顶峰降了雪，接下来的八个月，就再也没有通路可攻顶了。

第八封信

科罗拉多殖民区埃斯特斯公园，十月

　　时间不知道是怎么溜过的。这是一个景色宜人的区域，空气与生活如此清纯。我的生活主要是在户外与马背上：穿着我已磨出毛绒的旧夏威夷骑装，有时睡在星光下的松枝床上，有时候跨坐在墨西哥马鞍上，再一次聆听墨西哥马刺的低吟。"有个陌生人！赶快拿砖头打他！"这是许多旅行者对这个区域的新移民的看法，却不是我愉悦山居生活的经验。当我记下我的欢笑时，当黑松木在壁炉中熊熊燃起并发出爆裂声响时，当雪尘穿过板壁缝隙在地板上形成雪环时，当狂风在松枝间玩耍怒吼、折断枝干而发出崩裂声音时，当闪电在朗斯峰顶尖肆虐时，当强壮的猎人好笑地认为我睡觉时必须朝外面对风雪时，四壁都在回响！

　　你会问："埃斯特斯公园到底是什么样子？"这个地名，像是宁静的英国中部诸郡，使人联想起长满青苔的"公园围栏"，一间住着位和蔼妇人的居舍，浅黄色的鹿，以及一幢安妮女王式大庄院。与众不同的埃斯特斯公园专属于我。它未经规划，"不属于人间土地"，而由于我对它的喜爱、专情与欣赏，它属于我的；我被它无与伦比的日出日落攫住；光彩夺目的夕阳，炙热的正午，锐利怒吼的狂风，奇异万变的曙光，山林、湖泊及河流的光彩，以及一切一切的独特回忆，使它变成我私人的"花园"。它是我的，不仅由于我喜爱户外生活，还因为它高贵的北美鹿，它们在清晨的松树下戏耍打斗，就像我们英国橡木下的浅黄色小鹿一样真实；它优雅的黑尾鹿在脚边窜来窜去；它有许多挺立的大角野羊，它们的高贵首领偶尔会昂然立于灰岩的顶端，背映着蔚蓝的天空；它狡猾的山狮会在夜间叫春，还有大灰熊和美丽的鼬鼠；机警的海狸总是在湖畔溪边挖掘翻搅，折断河棉的幼枝，作节俭与勤勉的榜样；贪婪又虚伪的野狼；还有小狼与山猫，以及其他所有的小东西，如山貂、貂鼠、猫、野兔、狐狸、松鼠、花栗鼠，以及会飞的东西，从老鹰到头戴羽冠的蓝鸟。尽管猎人为食物与生计捕杀它们，户外运动者为消磨时间而猎杀它们，希望它们的数量永远不会减少！

可是，我还是没有回答那个自然会提出的问题——"埃斯特斯公园到底是什么样子？"① 在这些令人惊叹的独特山脉

---

① 如果不是亨利·金斯利、邓瑞文爵士以及《原野报》已经说出，我也不会在这里泄露这"狩猎乐园"的所在与迷人之处，因为这必定会导致络绎不绝的游客来到这个与世无争的猎兽天堂。——原注

之中，有数以百计的高地山谷，有大有小，高度由六千英尺到一万一千英尺。其中最重要的几个是：被怀有敌意的印第安人占据的北公园，以温泉及鳟鱼出名的中公园，矿藏丰富的南公园，以及圣路易公园。南公园一万英尺高，有绵延七十英里的草原，水草皆丰，但冬天因雪封几近关闭。不过山脉中到处是数不清的公园，大多数没有命名，还有一些被狩猎者加了绰号，作为他们暂时的游乐地。这些公园散落在色彩鲜艳的山麓，那儿有野花遍地的草坡，艺术化地缀着一丛丛的树木，直延伸到满是虹鳟鱼的急流边；又或者这软草伸向深郁的森林，其上便矗立着宏伟的雪峰。有些是狭长的草地，在小溪边蔓延一英里长，溪里有海狸筑成的水坝与水潭。许许多多的这类别有洞天之地，只有在溪床中骑行一阵，或是在狭谷中爬寻一番才能抵达。这些公园是数不清的野兽觅食之地，而其中一些，比如离此三英里的一座公园，便被麋鹿选为蜕角之地，至少有一平方英里的草地被麋鹿蜕下来的角所盖满。

  埃斯特斯公园集各种美色于一身。忘了吧！英国中部诸郡。公园森林环绕，高达九千、一万一千、一万四千英尺的群山是它的围栏；居舍由两座岩峰守卫着唯一的通道，安妮女王式大庄院是以苍穹为盖的一间漏风的小木屋。公园形状极不规则，鲜有平坦的草地，集合了许多斜坡或沼泽地，有十八英里长，但不超过两英里宽。大汤普森河是一条明朗而内有鳟鱼的急流，起源于几英里外的高处，朗斯峰的冰雪是它的源头，经过各式各样的转折，时而消失，时而出现，匆匆擦过草地，奔过诗意的山涧,在寂静的长夜,发出悦耳的低吟。偶尔,草地会呈现如此平坦的面貌,树木是如此艺术化地聚集在一起,湖泊是如此美丽的前景,倒悬的瀑布赐予人如画的感觉,以至于我几乎气愤于大自然与人工的艺术竟是如此相似。不过,几百英尺外,大自然又回到它令人惊叹、不可亲近、无与伦比的独特,让我们不由自主又虔敬地想起造物主。宏伟壮丽,而非柔美,是埃斯特斯公园的特色。起先柔软的草地,很快就消失在阴暗的原始林中,玫瑰红的岩峰以及大自然安排的大岩堆,营造出一种狂野的气氛。溪流消失在几不可达的阴森黑暗的深谷中;每一座山谷都落入神秘虚无的领域;在我们与大平野之间,耸立着七座大山脉幽郁的屏障,而公园的南端则是一万四千七百英尺(约四千四百八十米)高的朗斯峰,它光秃斑驳的头顶终年遭受风雪的肆虐。公园最低处有七千五百英尺(约二千二百八十六米)高;不过中午太阳还是十分热,而夏天每个晚上水银柱都几近冰点。此地降雪很多,但是一部分由于强风把雪吹入深谷,一部分由于冬季温暖的阳光,公园从没被雪封住过,许多牛羊冬季是在户外度过的,吃着太阳炙晒的甜美青草,其中格兰马草[①]最值钱。这里的土壤就像附近的土地一样,是灰色粗糙的岩尘,可能是环绕四周的山脉风蚀所造成。它不能留住水,不论什么样的气候,都不会湿润。这里也不融雪。白雪很快就蒸发,奇迹似的消失。燕麦可以生长但不结穗,长到很高时,就

---

① 格兰马草,产于美国西部的一种牧草。

割下留存，作为冬天的草料。马铃薯产量丰富，不过不大，但品质极好，含粉量高。艾文斯没有试种过其他的作物，也许多汁的蔬菜需要大量灌溉。野花美丽无比，到处都是，但集中在七八月绽放，在我抵达之前，花季就已结束，最近飘了些雪花把它们全了结了。由一个冬季到另一个冬季的时间很短，全年生长绽开的花朵被紧缩成两个月。有蒲公英、金凤花、飞燕草、蓝铃花、紫罗兰、玫瑰、蓝龙胆、楼斗菜、元蓼，以及其他五十多种花，以蓝黄色为主。这些花朵在每天早晨清冷的空气中挺立，早在正午之前它们就已凝视着青草，俯身探看溪水，让阳光伴着它们短暂的生命。至于蕨类，在找了很久之后，我只找到了孢囊蕨及穗状蕨，不过我听说有人找到过鹰钩蕨。蛇及蚊子不在这里出现。直接来自热带的人不喜欢这里千篇一律的树叶；事实上，根本不能算是树叶，在这个高度，所谓的树都是松柏科，只有针叶。有些地方会出现一堆细长的白杨，叶子会变成柠檬黄，沿着溪畔有野樱桃、爬藤、玫瑰，它们不同系列的深红色，把深涧点缀得明亮起来。松树不论高度或树径都不壮观，颜色墨绿，虽然它们有时独生单长，但也有可能群聚，一旦它们丛集在山边浓密处，就会幽暗得近呈黑色。树木生长线约在一万一千英尺，清晰可辨。其中最吸引我的是银杉，与所谓的香杉种类很相近，形状与颜色都很漂亮。每当我看到它时，心里总是很舒坦，经常各处寻找它的踪影。银杉的针叶看上去仿佛洒上了银蓝色的粉，或是青灰色的霜，在正午融化后留在上面。不管怎样，简直不能使人相信它的美是永恒的，不畏炎夏也不畏寒冬。这里最普遍的树种是罗汉松，但都长得不够高大，当然无法与内华达山脉的红桧评比，更不能与加州杉相提并论。

诚如我前面提过的，埃斯特斯公园离最近的殖民区朗蒙特的二十五英里半，若想要以马匹为交通工具，只能选择我当初走过的陡峭而偏远的小径，穿越一座位于九千英尺高度、名为"鬼门关"的高耸山脊上的窄口。艾文斯曾经驾过四匹马拉曳的木材车翻过山，科罗拉多的工程师要辟出一条篷车道理当不是难事。在小径通过的几处深涧，有一些篷车的残骸，都是想要与艾文斯媲美的人不幸的下场，我想那是不可能的事。路况真是很糟。公园中唯一的垦荒者，是住在一英里高处、结过婚的葛里夫斯·艾文斯一家。"山中的吉姆"的木屋位于深谷口的四英里外，除此之外，到大平野的十八英里内，再也没有另一间木屋。公园不曾被勘测过，由此以外的整个大山区几乎都杳无人迹。猎麋鹿的猎人偶尔会上来这里露营；不过这两个垦荒者是公地唯一合法的居民，由于许多原因，他们都不欢迎外来的访者。艾文斯初来此地时，是靠两条腿走路来的，他是个成功的猎人，在此定居后，花了好长一段时间，才把面粉等家用必需品扛上山来。

我企图在冬天来临之前，以埃斯特斯公园为落脚处，我必须让你熟悉我周围的环境及生活方式。所谓的"安妮女王式大庄院"是一间由砍下来的大木段搭建成的木屋，缝隙应该以泥土与石灰塞补，但还没有完成。屋顶是由幼杉木皮加一层干草，再外加一层泥盖成,屋顶都已坍扁了。地板是以粗陋的木板拼搭而成。"客厅"大约十六平方英尺,有一座简陋的石造壁炉,里面总是燃着松木段。它的一端有扇门通往小卧室,另一扇门则通向小饭厅,那儿有一张桌子让我们轮流吃饭。再里面是个很小的厨房,有个美式大炉子,旁边是两个"寝具橱"。木屋虽然简陋,但很舒适,只是有些漏风。雪由四壁的缝隙吹进来,盖满了地上,但是每过一阵清扫一下,既有趣又可运动;屋外则完全不见垃圾堆。近公园处山坡的松树下,有一栋两间房的漂亮木屋,再过去,靠近湖畔,是我的简陋小木屋。我的门里是一间有个石壁炉的小房间,再里面是有张干草床的小房间,一张椅子上有一只铁水盆,一个架子上则散落摆着几个衣夹。一扇小窗朝湖敞开,从这扇小窗我看见难以形容的日出的光彩。我的两扇门都没有锁,说实在的,由于木头膨胀,根本关不上。屋子下面,发源自湖水的小溪上,有一座美丽的牛奶棚,棚外有个水车用来带动搅乳器。除此之外,还有一个畜栏、一座篷车棚、一间雇工房,以及一间专收病马、病牛的兽棚。这些都是这种高度的地方所必需的。

两个牧人,艾文斯及爱德华斯都是威尔士人,也都有妻小,但两人完全不同。大家称呼艾文斯为"葛里夫斯",他个子矮小,是个热诚、不拘小节、鲁莽、快乐、好客、喜闹、急躁、好脾气,"除了自己之外没有敌人"的人。他以智慧与品位发掘了埃斯特斯公园,而人们找到他,希望他能供给食物,并建造木屋供人留宿。他的枪法奇准,是个成功的猎人、大胆的登山者、好骑士、不错的厨师；总而言之，是个"快乐的家伙"。他愉快的笑声从清早就传遍了木屋，而夜晚四壁回响起众人的歌声时，若少了可怜的"葛里夫斯"的声音，真不知该如何是好？埃斯特斯公园如果没有他，更是不知该如何自处？最近他去丹佛市时，我们就像想念阳光那样想念他，或者更甚。清晨，当朗斯峰还在晨曦中，草地还在轻轻化霜之际，他在我门上愉快地叩敲，把我唤醒。"我们要去猎牛，你要去吗？"或者，"你能帮忙赶牛吗？你可以随便挑你要骑的马，我需要帮手。"过度放纵，过度慷慨，受人喜爱，可怜的"葛里夫斯"太爱酒，使他经常因此负债累累而头痛不堪。他赚很多钱，但都放进了"有洞的袋子"。有五十匹马、一千头牛在此过冬，有不少是他自己的。他又以一个星期八块钱的价格让人留宿，赚了不少钱，可是也都挥霍殆尽。他有个非常勤勉的妻子，经常像个奴隶般工作着，生养了一个十七岁的女儿和四个幼小的孩子。他虽然是个好心的丈夫，相较之下，她却是个苦命的妻子。他的伙伴爱德华斯就正好相反，高瘦、面貌严肃、敏锐、勤勉、节俭、阴沉、滴酒不沾，对艾文斯的嬉闹很不以为然，而且十分妒忌；自然不像艾文斯那样受人喜爱。一个"正正当当"的人，加上一个勤勉的妻子，当然他赚钱的速度就如同艾文斯花钱一样快。

我付八块钱一星期，只要能找到或逮到就可以无限制用马。我们七点钟吃早饭，有牛肉、马铃薯、茶、咖啡，以及新出炉的面包和牛油。两壶奶酪及两壶牛奶一喝完就添加，供应不绝。十二点吃午餐，食物与早餐大致相同，只是没有咖啡，但加上大布丁。六点喝和早餐相同的茶。"只要饿了就吃，厨房里面包及牛奶总会有的。"艾文斯如此说——"尽量吃，那对你有好处。"我们胃口大得像猎人。食物一成不变，我来的时候杀的那头牡牛，现在被从头吃到尾，肉凌乱地割下，一点也不管关节才是下刀处。在这种干燥稀薄的空气中，肉放在户外就变黑变硬，即使天气炎热，也可维持两三个月不腐坏。面包好极了，可是可怜的妻子们似乎一天到晚都在烘焙面包。

目前一起生活吃饭的人有：一对知识渊博的美国夫妇——杜义先生及太太，两人的性格、教养及礼貌让他们在任何地方都受人尊重；还有一位年轻的英国人，是有名的非洲旅行家的兄弟，由于他骑英式马鞍，又有一些特殊的偏见，所以大家叫他"伯爵"；一名矿工想要找银子；一个聪明而现实的"典型美国青年"，他在做生意时发现有肺病的征兆，在此过着猎人的生活；艾文斯成年的侄子；以及一名面目可憎的雇工。一英里之外，有个结了婚的勤快的拓荒者；而四英里之外，公园进口处的深涧，"山中的吉姆"或称纽金特先生驻守在那儿。作为一名捕兽的猎人，他每天去黑峡谷海狸筑的水坝，照料他的捕兽器，他通常会在我们的小木屋或附近待一会儿，不过我可以看出，艾文斯并不喜欢这一点。事实上，在朗斯峰脚下这个与世隔绝的蓝色深涧，是一个很有意思的迷你世界，在这里随时可以看到爱、妒忌、怀恨、羡慕、骄傲、慷慨、贪婪、自私，以及自我牺牲，而且与这个邻近的亡命徒总有起冲突的危险，不止一次"我要杀了你！"这样的话在木屋中响起。

不管怎样，这里的人数常因"露营者"的来到而增加，他们不是猎麋鹿，就是想要"发财"或落户的人，他们与我们一起吃饭，一起度过傍晚。不管是为了麋鹿或落户，他们都得不到艾文斯的帮忙，总是在达不到目的的情况下悻悻离去。两个颇有教养的英国人几星期前曾在此露营，想要"淘金"，他们听说北公园有金矿，不听劝告，翻山前往那里，据信成了那个区域嗜杀的印第安人的牺牲品。当然，除非有人骑马到朗蒙特去，我们是不可能有信和报纸的。两三本小说及一本《我们的新西部》是唯一的文学作品。我们最新的报纸是七天以前的。不知为什么，我们茶余饭后的闲谈焦点似乎仅限于这座公园里的事物：最近一次灿烂的曙光，即将来临的雪暴，麋鹿及大灰熊的踪迹，巨角野羊群靠近湖边的传言，德州牛群最后被看见的峡谷，不同长枪的优点，两对爱情事件的进展，有人从大平野带信来的可能性，"山中的吉姆"最近的情绪或胡作非为，他的狗"铃"比艾文斯的狗"扑通"优秀的地方……这些都是永远说不完的话题。

通常，星期天，工作都摆在一边，大部分的男人去打猎或钓鱼，直到傍晚才回来，而我们则和谐地颂唱圣乐。从下午到夕阳的最后一道霞光消失，独自与《圣经》及祷告书为伍，实在是件愉快的事。没有一座寺院比这个"不是由人类双手建造的寺院"更有价值的了；在这里礼拜，可以不受数不清的各式帽子、不同式样缠绕在"脑勺的头发"，以及稀奇古怪无以计数的时装的干扰。

我在此的第一晚是很难忘怀的经历。

也许是稀薄的空气使我眩晕,美丽耀眼的景色使我恍惚,以及杂七杂八人们显得不真实的脸庞使我有些困惑——它们全躲在十一根烟斗的烟云后面。九点钟时,艾文斯陪我走到我孤独矗立的小木屋。外面很黑,路似乎远了很多。有东西在嚎叫——艾文斯说是狼——还有显然是数不清的猫头鹰不停枭叫。正对着我木屋门的北极星,亮得像盏灯。空气很冻人。艾文斯打开门,点亮一支蜡烛就离去,我很快钻进了干草床。我害怕,怕被惊吓,这感觉真奇怪;可是睡眠很快克服了恐惧。我被一种沉重的呼吸声吵醒,一种来自地板下,向上推拱,像锯木头的声音,音量很大。蜡烛已经烧完了,事实上,我也不敢起来。这声音吵了整整一小时,当我正觉得地板已薄得一冲即破时,声音戛然而止,于是我又再昏昏睡去。我的头发居然没有一夜之间被吓白!

七点钟吃早饭的时间,我已梳洗完毕,到大木屋后讲了我昨晚的故事,艾文斯哈哈大笑,爱德华斯却不以为然地皱起眉头。他们告诉我,那木屋的地板下有一窝鼬鼠,但他们不敢去惊动那窝鼠,怕令木屋臭得不能住人。他们试着用捕兽器捕鼠,但都没有成功,这声音每晚都会重复上演。我想那是鼬鼠在地板下磨爪子,就像大灰熊在树上磨牙一样。这种动物对付攻击者所发出的臭气真是臭到了极点。它们只要有一只经过畜栏,我们就被熏得跑出屋子几小时。在它附近,最勇敢的人也变得怯弱了。狗如果碰到它留下的体液，会把鼻子都磨出血来，有时更会被它的臭气熏得呕吐至死。那臭气一英里外就闻得到，如果衣服碰到，非丢弃不可。目前它的皮毛很值钱，我来之后已目睹好几只鼬鼠被杀的过程。一枪击中脊椎可保安全，有经验的狗可以出其不意地一跃而上，而不至于暴露在危险中。鼬鼠其实是漂亮的动物，大约和狐狸差不多大小，有厚而长的黑色或深棕色毛，两条白线纹由头一直延伸到蓬松的大尾巴，前爪长而亮。昨天看到一只由牛奶棚跑出，被一枪射死。大狗"扑通"碰了它，遭到被驱逐的命运。一个勇敢的人用长叉把尸体弄到溪流边，可是它倒下的地方臭得几乎使我们窒息。真希望我木屋底下的鼬鼠邻居，能与我和平相处。

十月三日

这里真是地球上最令人惊奇的地方。啊，真希望我能用笔把它画下来！从我的床上看镜湖，在还不太能辨物的曙光下，它完全静止，呈现铅紫色。然后突然倒映出山巅，先是鲜橘色，再变成红，使四周的晨光转深。每天早晨都是一幅新景色。当晨曦不再"笼罩山间"时，山巅的倒影渐渐淡去，松树出现在湖中，像是实体，光彩一直向下延伸，一层红光温暖了公园清明的景致，灰白的霜，晶莹透亮，头戴羽冠的蓝鸟在缀着水珠的草上优雅跳跃。此地的庄严及美丽一天比一天更令我印象深刻。就像现在我穿过木屋，高山长长的影子落在草地上，它的形状与颜色又有了新的意义，让我几乎误认为自己身在夏威夷；我无法再继续写日落的光彩了，只能坐到一块岩石上，看着深谷中渐浓的蓝影，山巅一个接一个染上了玫瑰红，然后突然消退成惨灰，使人敬畏的朗斯峰最后才消失。然后是夕阳的余辉，东边的橘红与柠檬黄渐转为灰色，接着远处水平线上的灰色慢慢褪成冷蓝的色调，蓝色上方是一道宽暖的红，上边有一条玫瑰红的缀饰花边；再上去挂着一轮冷月。这是"每天傍晚的奇迹"，就像镜湖中的火红山巅是早晨的奇迹一样。这景色也许并不可爱，但就像大风暴般，具有强烈的动人心弦的特性。

我每天的例行活动是：七点吃早餐，然后回去"弄"我的木屋，到湖里打水，看一会儿书，闲逛一阵，回到大木屋，与杜义太太轮流打扫；之后，她大声朗读一会儿书，直到十二点吃午餐。然后我与杜义先生，或我自己一个人，或与正在学跨骑的杜义太太骑一会儿马，她得学会跨骑，好帮她生病的丈夫照管牛只。晚饭是六点。吃过之后，我们都坐到客厅，我坐下来给你写信，或缝补那快要撕成碎片的衣服；有些人坐在桌边玩纸牌；陌生的猎人及淘金者则躺在地上抽烟、擦枪、装弹、弄鱼线、修浮标，替靴子加防水漆，多部合唱。大约八点半，我穿过霜冻的草地回到木屋，总会发现有东西在里面。我们都自己洗衣服，由于我的袜子不多，因此每天都要花一些时间在洗衣盆边。我们这群人，虽然三教九流都有，但全有适当的礼貌，真正的民主平等，毫不虚假，既没有一方占便宜，也没有一方吃亏退让。

艾文斯十天前去了丹佛市，带他的妻子及孩子去大平野过冬，欢笑也随他而去。爱德华斯阴沉，不过傍晚他躺在地上讲述他与谢尔曼一起穿过乔治亚的故事时，摆脱了那股阴郁。我给了艾文斯一张一百元的纸币去换钱，请他替我买匹马来供我骑，我们已经等了他三天。信是靠他传递，我已经有五星期没有你的信了，早已按捺不住。我每天往朗蒙特的路上或骑马或步行三四英里路，常是一天就去两三趟，其他人也都为不同的理由焦急地盼着他。天黑后，我们被每次声响惊动，每次狗一叫，所有能动的人都"乱成一团"。"等篷车到来"几乎已成了令人恼怒的玩笑。

十月九日

等信及报纸的强烈念头攫住了每一个人，我们终于决定派人前往朗蒙特。今天傍晚，我在"山中的吉姆"的陪伴下，在暮色中踏上往朗蒙特的道路。我们看到远远有一辆四匹马的篷车，后面跟着一匹有鞍的马，驾车的人挥着手帕，这是询问我是不是马主人的信号。我们调转头，以最快的速度跑下长坡，去传递好消息。一个小时后篷车才抵达，来的不是艾文斯，而是两名来历不明的"露营者"，他们就在我木屋边扎营！你无法想象，受这些高山阻隔而不知道你的信在哪里的感觉。后来，这里的长期宿客布肯先生由丹佛回来，带来报纸及每个人的信，但就是没有我的。他还带来一个大消息：经济恐慌已遍及整个西部,而且越来越炽烈。所有丹佛的银行都已停止营业,他们拒绝兑现自己银行的支票,也不准客户提领出一块钱,更不肯把我的英国纸币兑换成美金!不论布肯先生或是艾文斯都拿不到一分钱。营业暂停,所有人,不管你多富有,目前都成了穷人。印第安人则进入"战争状况",烧牧场,杀牛只。一般拓荒者都非常"恐惧",一车一车逃往科罗拉多泉。印第安人说:"白人杀了我们的水牛,任它们在平野上腐烂,我们要报复。"艾文斯安全抵达朗蒙特,今晚会回来这里。

十月十日

仍在"等篷车到来"!昨夜我们有大风及冰雹;我到十一点才能回木屋,还是靠两个人的帮忙。月亮没出来,天空黑暗,乌云遮天,突然,不见踪迹的朗斯峰在黑色的群山之上若隐若现,新雪在还没有升起的月影下,为它添上了一层晶莹的光影。前一天傍晚,日落之后,我看到了另一个似幻的影像——我的湖在暮色下变成了橘色,山岳在静止不动的水中倒映出浓浓的深蓝。这真是个奇幻世界。今天下了一场浓密而松软的雪;中午云层卷起时,雪岭及所有的高山一片洁白。我拼命工作以消除焦虑,因为有传言,艾文斯到普拉特猎水牛去了!

今天傍晚,出乎意料地,艾文斯回来了,带了一大盒信。我把它整理出来,但仍是没有我的,艾文斯说他恐怕把我的信忘在了丹佛,因为它们与其他的信分开放置,不过他已经从朗蒙特去信寻找。几小时后,它们在一个杂物袋中被找到!

整个屋子因艾文斯的归来又热闹起来,他带来了同乐的气氛。一个年轻人的歌声美极了,他不停"演唱",有小夜曲、丧礼进行曲、各国国歌,快的慢的苏格兰舞曲,以及所有他能想出的美妙歌曲。当然,绝没有一个室内乐团会提供这样的服务。一个看起来值得怀疑的桶子偷偷地由篷车上搬进木屋,我想那玩意儿更增加了热闹的气氛。没有任何阴郁可以阻挡艾文斯说不出的欢乐,并且传染他打心底发出的笑。他拍人们的肩膀,对他们大声说话,为他们做任何事,像永不间断的和风。"愿以一切代价得到一匹马!"他没有替我买马,当我提到这事时,他脸上掠过一阵阴影。后来他找我私下谈话,向我坦白,他在丹佛时发现"金钱上有大困难",于是不得不把一百块钱用掉了。他说他会在十一月二十五日之前,连本带息还给我,并先给我一匹好马、马鞍、缰辔,踏上我原定的六百英里旅程。我有些不高兴,但也没有办法,因为钱已用光了①。我试骑了马,补好了衣服,把我的行李减到十二磅,准备第二天一早启程。但是天还没亮,艾文斯愉悦的声音就在门前把我吵醒。"我说博德小姐,我们今天要赶野牛;我们人手不够,希望能借用你的帮忙。我会给你一匹好马,晚一天应该不会有太大差别。"于是

---

① 为了对艾文斯公平,我必须在此说明,他欠我的每分钱都还清了,马也完全实用,结果这个安排对我反而有利。——原注

我们赶了一天牛，骑了大约有二十英里，不知涉过多少次大汤普森河。艾文斯恭维我"跟男人一样有用"；我希望自己比那些总是躲开"丑怪"野牛的人有用。

十月十二日

我还留在这里，帮忙厨房里的事、赶牛，一天骑四五趟马。艾文斯每天早上都用"这里有好多马让你试"的话，把我留下。试骑了五六天，我始终找不到一匹喜欢的。今天，我骑着一匹高大的纯种马，绕着湖慢行，它把头一甩，缰辔就掉了，我手中只剩缰绳；另一匹把我摔下，有两匹蹄有伤、会摔倒。这就是我们每天的小事。我仍希望在一两天之内能成行，这样至少我可以拿埃斯特斯公园与科罗拉多其他一些较知名的地方相比较。

如果你可以看到我们木屋现在的情形，你一定会觉得好笑。屋里有九个男人和三个女人，由于椅子不够，大部分男人都躺在地上，全在吸烟；一个个性爽快的加拿大法裔年轻人，每餐都可以钓来五十条鱼，他手风琴奏得很好，现在正衔着一根烟斗在拉手风琴。三个在黑峡谷露营一星期的男人，像狗一样趴在地上，他们身高都超过六英尺，十分严肃，既不跟大伙一起笑闹，也不因手风琴弄出的怪音而开颜。你大可说他们只穿了靴子，因为他们的衣服已破成一片片。他们茫然地瞪着眼，不见他们有女人，已经有六个月以上没睡在屋顶下。有人正唱着黑人的歌，这之前是《洋基歌》①，紧接着《大英国协颂》，因为听起来既愚蠢又恶劣，除了那几个陌生人外，大家都大笑起来。冷天气把高处的野兽全逼了下来，昨晚我走回木屋时，听到了狼嚎和山狮的吼声。

---

① 美国独立战争时期流行的一首民间歌曲。

第九封信

科罗拉多州埃斯特斯公园

今天下午，我正在木屋中看书时，小山姆·爱德华斯跑来说："山中的吉姆要跟你说话。"这使我心中升起极大的忧虑——西班牙印第安混血的仆人、"夫人，有请"、一些令人难堪的事，以及过分注重类似小事情的做作而无用的日常生活。我"真的是"除了这间小木屋外，不需要其他的东西。可是在其他地方，人必须有房子、仆人、负担与忧虑，不是为了温暖与舒适，而是为了显示人所累积的"东西"。我的木屋只花五分钟就清干净了，你可以在地上吃东西，也不需要上锁，因为没有值得偷的东西。

我在想这些事时，"山中的吉姆"在等我，约我一起去骑马。他、杜义夫妇及我在彩色的树荫下愉快地溜达了一阵，后来他们感觉疲倦，我就换上他漂亮的牝马，在美丽的暮色、清纯冷凉的空气中，比赛疾驰。杜义太太说真希望你能看到我们由通道奔驰下来的情景，丑怪的亡命徒骑着一匹笨重的篷车马，我则骑着他披挂光秃木马鞍的马，海狸、山貂、貂鼠的尾巴及皮毛零零落落地挂在鞍上，只剩一个马刺，脚也不能放在马镫里；马儿看起来气派非凡，而我看起来却一贫如洗！纽金特先生是那种所谓的"好伴侣"，带着一丝山野的鲁莽不羁，对人事的判断十分精确；对女人也是如此。他有文学诗词修养，幽默，热爱大自然，在某些方面相当自负，行动说话都爱表现个性，维持他亡命徒的名声；对文学相当熟稔，辞藻丰富，对每个人或事都有定见，对女人态度侠义尊敬，有时会突然转过身开一句无伤大雅的玩笑，令人觉得好玩风趣；他同时幻想力丰富，极爱孩子，这屋子里的孩子总是冲到他怀里；他坐下来时，孩子们爬到他宽阔的肩膀上，玩弄他的鬈发。人们说："来过这里的人都认为，跟吉姆谈过话后，屋子里就没有值得说话的人了。"不过我想时间很可能会改变这种观念。不知为何，他总是科罗拉多人的话题，打开报纸，很难不看到有关他的文章、他的消息，或一段他的生平。他虽然外表看起来像个恶徒，但一开口——至少对女士——就是个有教养的人，谈吐敏锐，充满智慧。然而，整体来说，他的确是个很令人头痛的人物。他异乎常人的脑袋，清楚地显示他应该可以活得更好。他的生活，除了某些可以炫耀的地方之外，全糟蹋虚废了，人们不禁要问，像他那样长久选择生活在邪恶中的人，将来会有什么好下场[1]？

---

[1] 第二年的九月，这问题有了答案，他脑袋里带着一粒子弹，不名誉地躺进了坟墓。——原注

我走得掉吗？我们本来昨天要去猎牛，六点半出发，但是马匹都不见了。五十匹马中，有点价值的都走脱了，我们浪费了一天的时间在峡谷中寻找它们。无论如何，今早天还没亮，艾文斯的声音就从门前传进来。"我说博德小姐，我们今天要把牛赶到十五英里外，但人手不够，希望能借用你的帮忙；我会给你一匹好马。"

这趟路在七千五百英尺高，有两条急流通过。四周全是一万一千英尺到一万五千英尺的高山，山边是浓密的黑松林，穿插着遍布林木和岩石的深涧，开向先前提过的山边草坡。两千头半驯化的德州牛，一群群散开在深谷中，与大灰熊、棕熊、山狮、麋鹿、山羊、梅花鹿、狼、山猫、野猫、海狸、貂鼠、鼬鼠、花栗鼠、老鹰、响尾蛇，以及所有在这孤绝传奇区域的两脚和四脚的脊椎或软骨动物共生存。整体而言，它们的习惯较近于野生，而不像家畜。它们去饮水时会排成一路纵队，由公牛领头；受到威胁时会利用崎岖的地形，谨慎地沿着低处潜行，公牛当哨兵照顾落后者，以防狗由后面袭击。像它们这种近似水牛的牛，在用来挤奶之前，必须先驯养；不过由于此地的草很干，而且规定小牛在白天哺乳，两百头牛所生产的牛油还不及英国德文郡五十头牛的产量。在畜牧业中，不管你多有人性，一些必要的"虐待"是存在的。畜牧业的制度颇为残酷，从小牛被赶进烙印棚，用烙铁炙烧它的皮肉，到被挤压着由无际的草坡载到芝加哥的屠宰场为止，它们"都怕死了人类"。

群牛企图深入雪岭延伸下来的原始峡谷，否则会有被雪封住而饿死的危险,偶尔有必要把它们赶进"公园"。这次是要把它们集合,以便替小牛烙印。今早六点半吃了早餐后,我们就出发,整队人包括我的房东、一名由雪岭下来的猎人、两名大平野来的畜牧商——其中一个骑着匹烈马,他的同伴说他是"北美洲最佳骑士"——再加上我。我们全都使用墨西哥马鞍,传统的轻马衔缰辔、皮制护腿,以及木马镫,每个人都有一袋午餐挂在缰绳的挂钩上。四条没受过什么训练的狗伴同我们。我们骑了三十英里路,花了好几个小时,是我最美好的骑旅之一。除了系肚带之外,我们都没有下马,吃午餐时则把缰辔绑在马鞍的角钩上。开始时在平地急驰,跳过树桩,冲下布满岩石及大石头的山坡,涉过深而急的溪流,看到可爱的湖泊、绝美壮丽的景致,惊吓了一群笨头笨脑的大角麋鹿。在不是每次都成功的追赶途中,我们经过超过一万四千英尺高的朗斯峰底部,那里有一条普拉特河的畅流,明亮的水由终年积雪的山巅奔流而下,穿过无法以言语道尽的壮丽峡谷。太阳很热,不过在这超过八千英尺的高处,空气清新冷冽,在绝世佳景中骑着一匹好马,真是无与伦比的享受。较原始的一段,我们必须骑着马下陡坡,穿过浓密的黑松林,跃过横倒的树木,在枯木与活树间穿梭,以避免被枝条"勾下",或碰倒已枯死的大树。

穿过了这个区域后,我们看到上千只德州牛在下面的山谷吃草。领头的牛察觉到我们,惊吓中开始朝"公园"的空地移动,而我们还在它们一英里左右外的上方。"赶过它们,孩子们!"我们的领队大叫道,"准备上路!跑啊!"在"啊!

啊！"的叫声中，我们全以最快的速度冲下坡去。我简直控制不住胯下激动的马；下坡，上坡，跳过岩石与断枝，速度越来越快，而领队还在大叫："追啊！孩子们！"马匹以赛马的速度飞驰，彼此追赶，直到我的小红棕马追上了那个"北美洲最佳骑士"跨着巨步的大烈马。由于速度飞快，我感到晕眩，几乎无法呼吸。比我说话还短的时间内，我们赶上了波涛般的牛群。牛群的滚动景象十分壮观：巨大的公牛，形状像水牛，不停张口吼叫，与母牛及小牛一起狂奔。我们在牛群旁边奔驰，很快就赶过了它们，不一会儿就像哨兵般挡在谷口。当我们尽可能让激动的马静止不动时，真像身陷乱成一团阵仗的骑兵。当牛群掀起的波涛再度涌上前来时，我有些恐惧，可是当它们更接近时，我的同伴发出了令人生畏的叫喊，然后我们与狗一起往前冲，在嚎叫、高吼及如雷的蹄声下，那波涛如来时般往后退去。我赶上前去与领队并肩，他大笑着迎接我。他说我是个"极佳的牛仔"，他忘了队中有一名女子，直到看到我"跃过断木，与其他人并驾齐驱"。

两小时后，真正的赶牛行动才正式开始，我不得不把纯种马换成训练有素的赶牛马——一匹布朗科马，它可以像兔子般急转弯，而且任何地形不拘。我并没有想到要像牛仔一样工作，但就这么做了，而我的夏威夷经验十分有用。我们搜索不同的山谷、各个晓得的"营地"，把牛群都赶出来，直到数小时后，把八百五十头牛赶进畜栏前，我们彼此很少见到面说话。我们最先碰到的困难是一群牛走进了沼泽地，有一头躲在水湾中达一个钟点之久。这家伙后来一直给我找麻烦，把狗抛起了三次，

第九封信　　111

反抗所有想要移动它的努力。它带着一头颇壮的小牛，艾文斯告诉我，母牛与所生的第一头小牛有时候不肯分开，甚至会把第二头弄死，以便头胎的小牛有足够的奶。我独力把一群为数上百的牛群弄出峡谷，并靠一条受重伤的狗的帮忙，把它们赶到河中。那只狗带给我的困扰比牛还多。赶牛过河最为麻烦；有些牛没顺利涉水过去，有些则在水边嗅了嗅，又急转回头，朝不同的方向逃跑；有的则攻击正在游泳渡河的狗；有的在渡过河后，又回头找失落的伴侣；还有一头最凶的牛一次又一次攻击我的马。花了一个半钟点及无比的耐心，才把它们集合到河的对岸。

天色已晚，又有雪暴要来，在我与其他赶牛人及牛群会合之前，很难把牛控制在一起，而此刻赶牛的只剩三人及三条狗。尽可能温和地驱赶牛群，不惹它们害怕或激动①，先在一边骑，再换到另一边，以引导它们；如果它们执意走另一个方向，就追赶上去阻止。最麻烦的是若有牛突然离群狂奔而去，此时必须到处追赶它，奔岩穿林，它急转你也急转，直到把它追回来。公牛比较好对付，可是带着小牛的母牛，不管老小，都很麻烦。

---

① 在几次来美国的观察之后，我发现美国人对待马匹及其他动物，比我们及我们殖民地的同胞要先进很多。对待德州牛群时尤其明显。他们没有鞭子，没有对动物进行不必要的惊吓。任何咬住公牛尾巴或后脚的狗，都会被阻止并受到处罚，安静温和是他们的准绳。骑马不用鞭，马刺钝到连人的皮肉都伤不了，只是用声音及在轻马衔上稍加压力来管理。一般情形都是这样，即使像在科罗拉多，马匹大多是凶野的布朗科马，也是如此。在美国，我从没看到过用暴力来驯服马匹。——原注

有一次，我不小心骑在一头母牛与它的小牛之间，它对我冲撞过来，正要把角顶到马身上，还好马后退，并灵活地闪到一边。这类事层出不穷。有一头很漂亮的红牛，突然发狂。它有一头小牛，几乎与它一般高大，认为每样东西都是它的敌人，而且自认它的角已经长好，可以保护自己，而母牛则坚持要保护它以躲避所有想象的危险。一条笨小狗，看到激动的母牛，竟对着母牛狂吠起来，结果当然激怒了它。愤怒的母牛起码攻击了那只傻狗四十次，牛角把地都掀了起来，那条大猎犬被高高地抛上半空；它也掷毙了另外两头牛的小牛，对整个牛群的危害简直到了极点。那时我们已走到最后一段路，艾文斯不得不举起枪将母牛击毙，而那头引起这场盲目纷乱的小牛，呜呜悲怜了起来。母牛曾突然对我疯狂冲击了好几次，但是这些受过训练的马十分冷静，几乎不需要我任何动作，就在恰当的时候跳到一边，躲过了攻击。就在暮色中，我们抵达了畜栏——一块一英亩大的草地，周遭围了七英尺高的结实栏杆；花了一些耐心与技巧，才将整个牛群赶进栏内；对付这么狂野的一群牛，居然不用一次拍打、一声嘶吼，甚至鞭子都没有响过一下。天气冷得不得了。我们最后的一英里半只用了四分半钟，在雪刚开始飘下时，我们回到了木屋，发现热茶正等着我们。

十月十八日

连续下了三天雪！昨天我不能写信，天气糟透了。人们都放下工作，谈论天气。猎人们全围坐在客厅的大火炉边，只有搬运木头及清扫门前和窗上的积雪时才出去。我从来没有度过比两天以前更可怕的夜晚：大风雪中，独自一个人在小木屋里，屋顶掀起，上面的泥土裂开落下，细雪由木段的缝隙中飕飕吹进来；在这同时，断枝折裂发出响声，狂风怒号，大雪持续不断地纷飞，再加上野兽的尖嚎、雷电，以及许多不熟悉的响声。在白天下了一天大雪之后，上半夜又加高了一英尺，狂风把雪吹得顶住我的门，把我完全封死在屋里。大约午夜，温度降到零度，之后不久，狂风刮起，一连持续了十小时。我的窗框膨胀，显然密不通风。我的床距窗户六英尺，睡觉时总共盖了六床毯子，脸上覆了一块厚布。夜里两三点，木屋底下因为狂风吹而移动，把我吵醒，厚布冻得粘在我嘴唇上。我把手伸出来，床上已盖满了细雪。起身查看，发现地板上有些地方已经有几英寸的积雪，一股强劲的细雪像针般不断向我扑来，那盆水已冻成冰。我忍冻躺在床上直到天明，几个男人来看我是否"还活着"，把我挖了出去。他们带了一罐热水，但在我取用之前又冻成了冰。我站在雪中梳洗，我的梳子、靴子以及其他东西都被雪盖住。当我跑向大木屋时，外面看不到山或任何东西，房子一边的雪堆得有屋顶那般高。眼睛所及，空中是白茫茫的一片——恐怖极了。在客厅里，雪从缝隙钻进来，杜义太太正忙着铲掉地板上的积雪。虽然屋里一夜都燃着火，杜义先生的胡子上还是结了冰。艾文斯生病卧床，床盖满了雪。吃过早饭后，我回小屋去拿一些要用的东西，回来时，整个人被风吹起，所有的东西，包括笔记本及信，都被吹得狂飞乱舞。一些值钱的照片再也找不回来了。几小时后，笔记本在三英尺下的雪堆中被发现。

靠近房子的地方有熊及鹿的踪迹，可是在这样的大风雪天，什么都看不见，没人能出外打猎。我们都待在这个颇为拥挤的屋里，以下棋、音乐及牌戏为消遣。有个猎人，实在无事可做，只好专心替我保持墨水不结冻。我们全都穿着厚大衣或外套，并燃着熊熊的火，把一堆木头都快烧光了。说这里与世隔绝确实一点也不错，我们实际上是被雪封死了。"公园"中的其他拓荒者及"山中的吉姆"都在丹佛。晚上，雪停了。外面地上有些地方没有雪，但崎岖不平的地方全被雪盖平，最高的雪堆高达四十英尺。大自然一片宏伟新象。天冷得吓人；零度的气温加上狂风，会冻结身体任何暴露的部位。

十月十九日

艾文斯答应提供我六块钱一个礼拜的住宿，如果我肯在爱德华斯太太离去之后留下来过冬，并负责炊事！如果不是要做面包，我想我会愿意暂时扮演"女佣"的角色！可是赶牛对我而言比较适合。男人们都不喜欢西部人所谓的"打光棍"，也就是"自己管理日常生活"。他们昨天烫洗自己的衣服，表现得不太理想。我想我明天真该离去了（已经讲了十五次）。天气稍微转暖，天色更蓝，雪已蒸发，一名今天加入我们的猎人说：积雪消除，道路已通。

科罗拉多朗蒙特，十月二十日

"世外桃源"已远离，可是我要如何才能割舍那份自由与迷恋呢？我看到朗斯峰的雪巅在夜空中耸立，也永远记得它底部的蓝色深壑。我们预计八点出发，可是马走失了，拖到九点半才离开；"我们"是指那个有音乐细胞的加拿大法裔年轻人和我。我有一匹红棕色的印第安小马"鸟儿"，它是个漂亮的小东西，矫健、迅速、耐久、温和又聪明，马鞍后是几个礼拜所需的行李，包括一件黑丝洋装，我行动全然独立。我们经过岩石门，穿过深涧，那里太阳照不到的雪仍厚厚地堆在柠檬黄的白杨树下；也瞥见远处盖着白雪的巨峰，直指阴蓝的天空；在山麓的一间木屋吃午餐，那间屋子由一对兄弟及一名"雇工"照料，每件东西都修饰得非常整洁，不像没有女人的地方。由于有座木桥断了，我们只得涉过海狸所筑的狭窄水坝后面的深水，在暮色中走出色彩明亮的圣佛兰峡谷，来到一无所有的草坡，在黑暗中，我们经历了一些麻烦才找到朗蒙特。旅店里，我受到热诚的接待，一位英国朋友来此与我消磨了一晚。

大普拉特峡谷，十月二十三日

这趟旅程的信恐怕非常沉闷，因为在走了一天，照顾我的马、弄晚餐、听不同的道路消息，以及有关附近畜牧、耕作、开矿、狩猎等的传言之后，我已困倦得要命，实在无法再写信。星期二早晨，我很早就离开朗蒙特，这一天都很阴霾，因为可能有雪暴要来。前一晚，经人介绍认识一位曾经当过叛军上校的人，他给我的印象很坏，当他在马背上自说自话、引领我走过"旅程中最错综复杂的一段"时，我实在很不高兴。与话不投机的讨厌人物在一起，孤独实在是最大的渴望，也是最快乐的一件事，因此，当我终于摆脱他的陪伴、独自向草原进发时，真是兴奋极了。骑马走三十英里棕黄的平野到丹佛，是件既无聊又疲惫的事，一路上很少经过已开发的地方，小径处处，莫知所终。我的道路指示是"朝南走，走有最多车辆来往痕迹的路径"，这就像没有罗盘在大海中航行。在那棕黄起伏的平野上，一英里半才能看到一匹马，感觉实在是很奇怪。正午，天空因为另一场风暴而变黑，由山脉到平野是一片漆黑，高峰隐约显现，这景象可怕得叫人不敢直视。温度先是很冷，后来又感觉热，最后由东方吹来狂风，冷得难以忍受。然而，空气新鲜流畅，而且我的马是很好的伴侣。有时候会有一群牛在干枯的草上啃食，有时候是一群马。偶尔，我会碰到长枪横在鞍前的骑者，或者一般寻常的马车，不过较常见的是白篷马车，就是那种"拓荒者的大篷车"，孤独驶过草原；或者是一列篷车，伴以牛、骡子及骑马的人，带着移民的家当，经过疲惫的旅程，由西部来到这草原大得多的科罗拉多。有一辆篷车的男女主人邀我去吃午餐，我提供茶（他们已有四个星期没碰过茶了），他们有玉米可掺入。他们由伊利诺州过来，已经走了三个月，他们的牛又瘦又弱，预计还要一个月才能抵达要去的湿雪山谷。一路上，他们葬了一个孩子，失去了好几头牛，十分伤心。由于长久、孤单地赶赴前程，他们已经与世事失去联系，像是另一个星球来的人。他们希望我能加入，但是他们前进的速度太慢，于是我们彼此祝福后，分手道别。看着他们的白篷马车消失在这孤寂的草原大海远处的水平线时，我比与老朋友分别还感到悲伤。那天晚上，我露宿在狂风深雪中，气温冷得近乎冰冻。后来我又碰到两千头瘦弱的德州牛，由三名貌似凶悍的骑者赶着，后面跟着两辆篷车，满载女人、小孩及长枪。他们已走了一千英里。后来我又看到两只草原狼，像是胡狼，有灰色的毛，很狡猾，从我旁边大步溜走。

冷风越来越紧，接下来的十一英里路，我与即将到来的风暴赛跑。每到一个草丘顶，我就以为可以看见丹佛了，可是一直到五点左右，我才在颇高的地方望见这座"草原大城"，也就是"殖民区的大都会"。这个夸张无林木的棕色大城，散落在棕色无林木的平野上，唯一生长的似乎只有苦艾与西班牙尖刺。薄浅的普拉特河枯竭成一条窄溪，砂砾的河床有溪流的六倍宽，河边是枯萎的河棉树，绕着丹佛市。在河道上去的两英里处，我看到有个大沙暴，几分钟后整座城就被深棕色的沙尘清楚地标划出来。接着是强劲的风，雪暴开始了，我必须完全依靠"鸟儿"的智慧，才能找到艾文斯的小屋。它以前只来过一次，却能准确无误地带着我穿过崎岖的地面与深沟，到达目的地。艾文斯太太与孩子们开心地出来迎接他们的小马，我也受到热诚的招待，虽然房屋只有一间厨房及两个睡觉的小隔间，但是温暖而舒适。我必须源源不断地报告"公园"那边的消息。第二天直到十一点半才吃早餐。天空无云，但非常寒冷，地上有六英寸积雪，大家都觉得太冷而不肯起来点火。我本来打算把"鸟儿"留在丹佛，但是前州长亨特及《落基山新闻》的拜尔斯先生都劝我骑马，而不要搭乘火车或马车。他们告诉我应该安全无虞，前州长亨特还画了一张地图，并给了我一封介绍信，可用于这一带的殖民区。

丹佛市已不再是殖民初期的丹佛。街头枪战和利物浦一样少见，人们早上从窗口望出去，也不会再见到有人被吊死在街灯柱上！那里是个繁忙的城市，是一个大区域的货物集散地，有不错的商店、一些工厂、很好的旅馆，也有文明的缺点与优点。毛皮店充斥，户外生活的人、猎人、矿工、赶牲口的人及移民，可以填满五十家不同的店铺。许多从东部来参加现正流行的"治疗营"的人，可以在丹佛找到他们所要的篷车、御者、马匹、帐篷、寝具，以及炊具，然后再上山。气喘病人多到足足可以开个"气喘病大会"。那些病体较弱、不适合山上粗陋生活的人，可以住在旅馆或寄宿屋，也有一些在夏天到山上露营，冬天住进城里继续疗养。丹佛坐落在海拔五千英尺高的广大平地上，可以最佳的角度眺望落基山脉。我想我没有办法在那里待上一星期，看到如此美景却触摸不着，会使我疯狂。丹佛目前是堪萨斯太平洋铁路的终点。有一条铁路在夏延与联合太平洋铁路相衔接，经由丹佛及现已通车两百英里的大铁路，将来应该可以到达墨西哥。经由另一条通过窄小山涧的铁道，则可以抵达靠近格雷峰的矿区。街上酒店的数量惊人。在垦荒城中碰到颇有个性的闲逛者，你很难要他们忍受几天甚至几小时的文明拘束，这就像要我侧骑到前州长亨特办公室一样困难。到了丹佛，男人会把数个月辛苦所得的积蓄疯狂地花光，像"科曼切比尔"、"水牛比尔"、"疯狂比尔"及"山中的吉姆"般喧闹寻乐，找寻他们渴求的狂乱。我在的那天，还有一堆印第安人来到街上的奇景。他们属于尤特族，我必须穿越众多的族人，前州长亨特才能把我介绍给他们英俊的年轻酋长。酋长穿着极好的珠饰服装，如果我有需要，他也会很有礼貌地给我指点。印第安店、皮毛店及皮毛转运站，最令我感兴趣。也许是因为外面有积雪，街上的群众都是男人，一整天只见到五个女人。人们穿着各种装束：猎人及捕兽者穿着鹿皮衣服；大平野的人皮带上挂着枪，身着战时留下来的大蓝外衣；赶牲口的人着皮装；骑者则穿着毛皮外衣，头戴帽子，脚着翻毛水牛皮靴，巨大的墨西哥鞍后面摆着露营的毛毯；花花公子型的演员则戴着轻巧的手套；有钱的英国观光客，干净漂亮，一副傲慢自大的样子；还有上百名印第安人骑着他们的小马，男人穿着有珠饰的鹿皮衣服、红毯，脸上也都涂了朱红颜料，细长的头发直直垂挂，妇女们则都穿得厚实，跨骑在盖了皮毛的马鞍上。

虽然艾文斯太太十分热诚地招待，这座城仍使我感到困惑疲惫，直到昨天早上九点有个人把"鸟儿"带来时，我才展颜。

他说它是个小坏蛋，整天都在踢踢跳跳，还把他甩下桥去！我发现是因为他把马衔加到它身上，"鸟儿"每次碰到不喜欢的东西，就会不停地踢甩。我侧骑"鸟儿"穿过城中心，使我背痛了好久，换了姿势后好长一段时间疼痛才停止。今天是个可爱的秋老虎天气，地上的积雪看起来十分不协调。我在平野上骑了一段时间，来到起伏的山边，有一条两岸长着河棉树的溪流，每半英里路就有一间拓荒者的房舍。我常常碰到篷车，还捡到一个里面有五百块钱的皮手筒，我很高兴后来找到了失主。我几次穿越有趣的"大铁道"部分小段，这趟骑行十分有意思。

梅溪的牧场，十月二十四日

你必须要了解，在科罗拉多旅行，除非在主要干道上或大殖民区，否则不会有旅馆或小旅店，习惯上拓荒者会让客人留宿，收取与旅馆相同的价钱。这样的安排很好。然而，我停留的第一个牧场主人就不愿意留我，后来才发现，或许是我不应该在有大谷仓、看起来一副有钱人家模样的大房子门口递送介绍信。这个主人打开门，一副不甚欢迎的样子，可是他的太太看起来和蔼可亲，说是可以让我睡在沙发上。他们的房子是我见过最豪华的，有壁纸、地毯，还有两名"女佣"。那儿有一位来自拉勒米的女士，好心地邀我到她的房间，她高贵文雅，是第一个在落基山脉定居下来的女子。她试了三个月的"治疗营"，当时正准备回家。她有一辆篷车、有床、帐篷、帐篷垫、炉子以及所有的露营用品，一辆单座小马车，一个替她照看一切的男子，以及一个极好的"女佣"。她有肺病，体力很弱，但十分漂亮，她早期在拉勒米堡危险而拘束的生活非常有意思。不过我仍有点"烦恼"，虽然我下午颇早就来到此地，却无法告退来给你写信。吃饭时，三名"男工"及两名"女佣"与这家人一起用餐。我很快就发现这房子有点诡异，因此第二天一早，虽然显然有风暴即将来临，我还是很高兴能离开。我看见里约格兰德铁路的小火车飞驰而过，里面又温暖又舒适，真希望此刻自己就坐在里面，而不是身处这荒凉的山边。我只走了四英里路，风雪就大到不得不让我躲到一个有十一个惨兮兮的旅者避风雪的厨房里，他们身上的雪不停融化，滴落在地板上。我在钱尔莫斯那里学了很好的"自我适应"的技巧，因此在这两个钟点的时间里颇能运用自如，我帮着削马铃薯皮、做圆饼，当我打算离去时，屋主虽然有"旅客住宿屋"，却愿意不取分文让我留宿，因为我是"这么好的伙伴"！风雪小了一点，到了午后一点钟，我将"鸟儿"上鞍，继续走了四英里，渡过一条冰冻的小溪，上面的冰裂了，小马摔了一跤，吓得它半死。我不知如何形容这段路程，四周是完全的寂静，雪继续落下，没有一丝风，没有山脉的痕迹，完全的黑暗，极端冷冽，不寻常又骇人的大自然。所有的生命都被掩盖，所有的工作和旅行都停顿，没有足迹，也没有轮印。没有值得害怕的东西；可是我也不能说我很享受这段行程，不过越来越健康的感觉却是很好的。

接近傍晚时，天色越来越黑，路已无法分辨，当我发现这间坐落在诗意中的小木屋时，真感谢他们肯让我留宿。景色十分孤绝，让我想起惠蒂埃[①]的长诗《雪封世界》。所有的牲畜都安静地来到木屋四周避风雪。牧羊犬进了屋子，赶也赶不出去；人包裹得密不透风地出去，进来时冻得发抖，不停抖落脚上的雪；搅乳机被放到火炉边。后来进来了一个很有趣的拓荒者，他正打算前往丹佛，篷车却在两英里外被雪冻住了，不得不丢在那儿，先把马匹带来此避风雪。一个绰号"灰牡马"的女人，声音宏亮，抽着泥烟斗，还传给她的孩子们抽。她讨厌英国人，嘲笑英国礼节，认为生命短促而忙碌，所以"请"、"谢谢"都是"胡扯"。雪仍继续下着，天与地一片沉默。

---

① 惠蒂埃（1807—1892），美国诗人、废奴主义者。

第十封信

科罗拉多泉，十月二十八

这一切真难以成书。一星期以来我一直在马上，观赏奇景，享受独自探险的乐趣以及旅途中的新奇事物，不过每天在这纯净的空气中，待在马鞍上超过十小时，到夜晚实在不想写信，只想睡觉，而且脑筋也不管用了，观察力增强，反应力却休止。

我上次写信的那个晚上是我碰到最冷的一个晚上。我把地板上的地毯卷到身上，却还是无法保暖。太阳的光彩照射在白雪遮盖的大地上。农舍、道路、树丛、栏杆、河流、湖泊，全都在晶莹的白雪之下。雪很松软，像钻石般闪烁。没有一丝惊扰的风，没有半点声响。我等一名路过的骑者踏出道路的痕迹之后，很快启程进入一个新的闪亮世界。不久后，我失去了骑者的足印，不过根据数不清的鸟及松鼠的足迹，还是能保持在道路的附近，那些足迹都指向同一个方向。我骑了一个小时后，不得不下马徒步一个小时，因为雪把"鸟儿"的蹄冻成一颗圆球，就算没有我的重量，它也很难走稳，而我的尖头锄太脆弱，无法把冰打下。我走入岔道，想找人家借个锥子。来到一间木屋，里面的人正好是那天我捡到皮手筒的主人，他们热诚地招待我，给了我一桶乳酪，泡了很浓的咖啡。他们都是"老乡下人"，我不知不觉待得太久。离开后，我又骑了十二英里，不过路很难走，不但马蹄又被冻成圆球，路径也难以辨认，让人有孤独无援的感觉。小径上杳无人迹，不见半个人或兽。天空云层密布，风雪即将来临。阿肯色大分水岭就在眼前，在云中隐约可见，雪开始落下，不是细松的雪，而是大瓣的雪片。继续前行到天黑将是件危险的事，因此在午后我就离开道路，在一条无人踏过的小径上走了两英里，来到一个坡上，通过几道门，渡过一条陡坡下的小溪，进入一个绝美的深谷。我来到一幢漂亮的屋子前面，屋主佩里先生是个百万富翁，我立刻毫不迟疑地拿出介绍信，好像能否被收留就凭此信了。

佩里先生不在家，不过他明朗大方、衣着高雅的女儿，邀我进去吃饭并留宿。他们桌上有炖鹿肉，以及各种不同的佳肴，桌边有一名黑女侍，是五名黑仆之一，他们战前就是这家人的黑奴。吃过晚饭后，雪虽然继续下着，女孩的表兄骑马带我看了附近的幽静公园，这也是科罗拉多的名胜之一，天气好的时候很容易进出。我们经过一道窄径，两边有像守卫般直立的岩岗，有三百英尺高，颜色鲜红，进到里面却十分开阔。松树高而大，垂落至公园的窄谷，幽暗壮丽。这里像"纪念碑"般的岩石也多得出奇，高度由五十英尺到三百英尺，颜色更是朱红、翠绿、浅黄、橘红或各色杂呈，它们艳丽的色彩与惨白的雪及阴沉的松，形成强烈的对比。大熊谷是宏大奇特的深谷，直落至公园；我们由冰上渡过谷底的大熊溪，冰不够厚，没一会儿就碎裂了，两匹马都跌进深而冷的水中；不久后，"鸟儿"的一只脚又插入被雪盖住的"草原狗"的洞中，爬起来时，脸着地连摔了三次。我想起了威尔伯福斯①主教意外摔马致死的事件，他那次还没有摔得这么厉害，我想，他如果跟我一样，骑的是墨西哥马鞍，就不会落马了。走得太远是危险的事，于是我们调转回头。我经过一个区域，很像描述中的埃及、巴勒斯坦、小亚细亚、土耳其、俄罗斯或其他国家；佩里小姐与他的家人曾在这些国家旅行了三年。

（佩里牧园是科罗拉多最大的养牛场。这个联邦最新的州，面积大约有六千八百万英亩，虽然它矿藏丰富，但大部分土地不适于畜牧与农耕，剩下的东部地方则过于干燥，农作物只能在有灌溉可能的地方生长。这个区域靠普拉特河及其支流供水，虽然有蝗灾，所产的麦却品质极好，依培育方法的不同，每英亩可以生产十八到三十篓。然而，不可少的灌溉限制了可耕地的扩张。牧牛业依目前状况看来，似乎远景无限。一八七六年，科罗拉多有三十九万零七百二十八头牛，每头值两英镑十三先

---

① 威尔伯福斯（1805—1873），英国国教牧师，一八四五年被认命为牛津主教。致力于防卫传统东正教，为牛津运动中的活跃人物，这个运动致力于恢复十七世纪高教会派的传统。（高教会派，英国基督教圣公会中的一派，要求维持教会较高权威的地位，主张在教义、礼仪和规章上大量保持天主教的传统。）

令,大约有一半是德州进口的小牛。这里气候好,牧草充足,除了由东部进口的牲畜,在严寒的冬天,有一段短时间需要豢养在牛棚中仰赖人工喂养之外,几乎不需要人工照料。佩里先生把他大部分的时间花在饲养短角公牛上,每头小公牛可以卖六英镑。

牛在草原上放牧;每头牛都被烙印,不需要牧人管理,通常只需把它们集中、点数,并在夏季为小牛加印就行了。秋天,那些三四岁大的牛会被卖给中盘商,用铁道运往芝加哥或其他城市,在那里,肥一点的被宰杀制罐或送到东部零售,瘦一点的则卖给农人过冬。一些较有钱的畜牧商,会亲自将最好的一批送往芝加哥。科罗拉多的牛,除了纯种的德州牛或西班牙牛之外,就是德州牛与短角牛交配的混种牛。它们几乎品种都比较差,瘦而干。牛群在大平原上随自己的意志混杂;沿阿肯色谷,有八万头牛与水牛一起自由游荡,其中有一万六千头每年秋天会被送出口。牛被宰杀后贩卖到矿区,只值三分钱一磅。在夏天,成千的小牛从德州赶来,烙印完成后,就被驱赶到草原上自由放牧,直到它们三四岁被卖到东部前,都不会有人去骚扰它们。这些纯种德州牛,或老西班牙种,重量在九百到一千磅左右,杂交的科罗拉多牛则在一千到一千两百磅左右。

本州的"牛王"是南普拉特的艾立夫先生,他拥有九座牧场,有一万五千亩地、三万五千头牛。他进口短角牛来快速改良品种;事实上,开放这个国家的肉品交易,给有钱的大牧场改良牛品种造成很大的冲击。这么大数量的牛群,夏天须雇用

第十封信　127

四十个人，冬天十二个，外加两百匹马。偶尔有严重长久的雪灾时，只能喂牛吃些干草。在科罗拉多有六千、八千或一万头牛是很普遍的事。目前全美国有超过五十万头羊，"羊主"及"牛主"之间长久以来一直有争执。听说养羊的利润很大，但碰到风雪灾，危险与损失的机会也大，用人工为羊洗澡所用的原料费用也大。由于羊没有能力在下雪天扒开雪吃草，因此碰到大雪天必须供应干草。羊大部分是纯种或交配的墨西哥种；有一些经过几年长期小心的交配，一般的羊腿长而毛发蓬乱。如果有需要，四五岁的羊就可以宰了卖，不过除了在丹佛的沙尔皮奥餐厅的餐桌上看到过羊肉之外，我从没有在公开或私人的饭桌上见过；羊毛是利润的主要来源，老母羊经常能活到老死。最好的羊平均可得到七磅羊毛，最坏的两磅半。剃毛季从六月初开始，为时约六个星期。劣等的羊毛一只值六毛半，较好的七毛半，剃毛高手一天可以剃六十到八十头羊。养羊并不像养牛者认为的那样可获高利。马铃薯甲虫区的农人对马铃薯甲虫并不那么"害怕"。反倒是对为祸大而持久的蝗虫灾害更头痛，常常一早起来，田原变成了"伊甸园"，只剩一片荒凉。）

　　有美丽的卧室、热水及其他奢侈品的感觉古怪而不真实。雪在傍晚六点左右开始猛烈飘下，持续了一夜，加上极低的温度，第二天早上，八英寸的积雪在阳光下闪闪发光。佩里小姐给了我一双男人的袜子套在靴子外面，我很早就出发，自己寻路走了两英里，然后幸好有一辆篷车经过，留下了三十英里的痕迹，否则白雪茫茫，无路可寻。天空没有一丝云，我骑了一大段路来到阿肯色大分水岭,被深谷割裂的山脉,一扫而下直驱我右边的山谷,左边是顶着美丽岩石的山麓坡地,像一座城堡。所有的东西都在耀眼的雪光下燃烧。潺潺的溪水被冰冻住;静止不动的空气中也没了断枝的声响;没有鸟鸣。我没有碰到任何人,远近都不见房舍。唯一的声响是"鸟儿"蹄下的踏雪声。我们来到一条河边,上面有木段与幼枝搭成的桥,"鸟儿"伸出一只脚,又收回来,再伸出另一只脚,然后低下头仔细嗅闻。劝诱一点也起不了作用;它只是不停地嗅,发出低鸣,退缩,转过头来看我。没有理由跟这么精明的动物起争执。桥右边的冰大多已破,于是我们涉水渡河,但是水深及它的身体,于是我的双脚也浸入冰冷的水里,真让我怀疑它的选择。后来我听说那座小桥很危险。"鸟儿"真是小马中的女王,虽然它不只有野马的血统,而是本身就是一匹野马,但它非常温柔。它总是快乐而有好胃口,永不疲倦,对所有的事都有智慧,而且它的脚如岩石般健壮有力。它有一个鬼花样,就是当它被上鞍时会把身体猛胀,对它不熟悉的人为它上鞍时,肚带总是大了三四英寸。我替它上鞍时,会在它的体侧轻拍数下,它就不会憋住胀气,一切就可以恰到好处。它是个好伴侣,因此在骑了它一天之后,替它擦背抹鼻,看它嚼食,是我最重要的一件事。

我总算碰到了一间木屋,不但让"鸟儿"和我都饱餐一顿,还得到前路的指示。那一天接下来走得实在辛苦。雪有十三英寸厚,而且越来越深,我在沉默孤寂中向上爬,就在太阳落到被雪覆盖的山巅后时,到达了海拔七千九百七十五英尺(约二千四百三十米）的大分水岭的山巅。在那里，说不出的孤寂中，躺着一面冰冻的湖。猫头鹰在松间枭叫，路径淹没，整个区域不见人迹，温度是零下九度，我的双脚已完全失去知觉，有一脚还冻在木马镫上。我发现由于积雪的深度，在八个半小时里，我只骑了十五英里，这会儿必须开始找地方过夜。东边的天空出现一种我从未见过的颜色：起先一直呈现石绿，然后转为水蓝，之后又是鲜艳的玛瑙绿。除非我有色盲，否则这绝对是真的。然后又突然云天变色，纯亮的玫瑰红余晖洗掉了原本的色彩。"鸟儿"每走一步就滑一下，我也被冻得几近瘫痪，正好此时找到了一间别人向我提过的木屋，但屋里的地板上已躺满十七个因雪封而不能前行的人。他们劝我再走半英里，我照做了，来到一个来自艾森瑙的德国人的木屋门前，屋主有个甜美的妻子及病弱的岳母。虽然他们的屋子很简陋，但是简单巧妙的德国装饰，加上爱，很有甜蜜家庭的气氛。我的房间必须踩梯子上去，但只有我一个人，而且竟豪华到有一个私人澡盆。在两位女士细心的照料下，我的脚总算恢复了知觉，但是痛得如受酷刑。

第二天早上天气灰暗阴湿，稍后才逐渐晴朗温暖。骑了十二英里后，在一个有八名寄宿者的大房子里，我得到了牛奶和面包，"鸟儿"也得到了草料。屋里的寄宿者，一个比一个像死人。重新上马后，依照指示离开大路，穿过纪念碑公园，在美丽的岩石堆中骑行十二英里，但我迷路了，来到集合所有路尽头的峡谷。回头走了六英里，再走上另一条小径，骑了八英里看不到任何动物。然后来到一个有各形各色岩石的深谷,转过一扇岩石门后,来到我确信是艾伦幽谷的地方,一个你无法想象、既原始又富诗意的地方。小径接着通向一个接近高耸山峰的山谷,原始、阴冷、景色吓人。在涉过一条小溪几次之后,我看到一堆看起来像十年老屋的破烂房子,门上有个大喇喇的名字——科罗拉多市。继续走了两英里路,在山麓坡地的一个山头,我看到了一座房舍散落的荒凉水城——科罗拉多泉,我一百五十英里旅程的终点。我下马来,穿上长裙,开始侧骑,不过这个区域不像是会在乎这些事情的地方。这是一个在荒芜平野刚形成的奇特地方,可以看出它正在发展,拥有许多观光大旅馆,未来必然有所成就。由此观山极美,尤其是派克峰,不过出名的温泉在三英里外的马尼图,也是个风景不错的地方。对我而言,没有比林木不生的科罗拉多泉更不吸引人的地方了。

我发现N先生一家是住在一间小房间里,这房间用来作客厅、卧室、厨房,十分方便。里面还有两只"草原狗"、一只小猫,以及一条猎犬。非常有家的感觉。N太太烧了很可口的牛排,她丈夫则忙着准备茶水。他们免除了雇用"女佣"所带来的不便。N太太陪我一起走到我睡觉的寄宿屋,我和这位女房东在客厅闲聊了一会儿。正对着我,有一间卧房门大敞着,面对房门的床上,有个看起来病得很厉害的年轻人,让人搀扶后半坐卧着,衣着整齐;另一名看来同样病入膏肓的年轻人,则偶尔进出房门或靠在壁炉墙上,脸上表情十分沮丧。很快,门又半掩上,有人走进去,匆匆地说:"快!拿蜡烛。"然后房里有忙碌的脚步声。在这同时，我所在房间里的七八个人，仍然不停谈笑、玩西洋棋，其中以女房东的笑声最大，她所坐的位置同样可以清楚地望见房门里的动静。在这段时间，我一直可以看到那忙碌房间中的床尾，有一双大白脚伸直在那里。我时时注意，希望它会移动，但是没有；我觉得它们越来越苍白僵硬。我可怕的怀疑更深了，在我们座谈时，他的灵魂孤独绝望地进入了黑暗。然后有个人拿了一堆衣服出来，那病入膏肓的年轻人在低泣，另一个与我有同感的人感慨地对我说，刚死去的那个人是另一个病人唯一的兄弟。女房东仍在大肆谈笑，后来她对我说："这些人来此死去，把整个房子弄得乱糟糟的；我们大概要花上大半夜才能处理完后事。"那天晚上，冻冷的空气，以及那个哀伤兄弟的哭泣声使我无法入眠。第二天，当一口漂亮的棺木送来时，女房东穿了一件入时的黑洋装，走进走出，表现她的干练。我到客厅去找针线，"那"房间的门敞开着，孩子们跑进跑出，女房东在扫地，愉快地叫我进去拿针。而在那房里，我恐怖地发现，死者的脸连块遮盖的布都没有，太阳穿过没有窗帘的窗户，直射到可怕的死尸身上，甚至房中的椅子都是横七倒八。尸体下午被安葬，从他仍在低泣的兄弟脸上看来，他自己的日子也不长了。

　　N先生说，许多肺病末期的人来到科罗拉多泉，以为这里的气候能治愈他们，却没有钱支付即使是最简陋的食宿。那天我们大部分的时间在聊天，我一面准备别人为我计划的山旅之行所需的装备及厚手套。我也给"鸟儿"它应得的休息日，因为我不知道越过阿肯色大分水岭那天是它该休息的星期日,所以补它一天。金斯雷小姐的几位朋友来看我,她真令人想念、喜爱。这趟旅行花费不大,大约十先令一天,而且由丹佛来时路上的五天花费,也比坐几小时车的花费少多了。一路没有多大困难,这实在是对健康有助益而又令人享受的生活。我的行李都很简单,交通工具是一匹马,只要找得到食物与住宿,我们可以前往任何地方。

马尼图大峡谷,十月二十九日

这是个风景如画的地方,有些静止与沸腾的温泉,它的优点印第安人很清楚。此地附近有一些知名的地方——众神花园、艾伦幽谷、派克峰、纪念碑公园、尤特隧道。这里有几间很大的旅馆,几间房舍如画般散落着。夏天时,有成千的群众来此喝泉水,尝试"治疗营",或进行一趟山之旅;不过现在一切都安静下来了,偌大的旅馆中只有少数几人在闲晃。有些高达一万五千英尺的积雪山峰环绕着山谷,谷中有一条急流。此地的风景宏伟而令人生畏,有一种奇怪如死亡般的庄严。雪山被急流穿过,形成了尤特隧道,明天我希望经由此前往更高的地区。不过一切计划可能因为"需要一根马蹄钉"而成为泡影。"鸟儿"的一个蹄铁钉松了,这里找不到任何钉子,直到我走上隧道十英里后才弄到一根。"鸟儿"以它奇特的方式娱人。它总是紧紧跟随着我,今天它把一扇客厅的门推开,几乎进了屋子。

它把头靠在我的肩上跟着我走,一边舔我的脸跟我要糖吃;有些时候,如果别人牵它,它会后退踢人,邪恶的布朗科马性格就会在它眼中出现。它的脸狡猾而美丽,当我骑到它身上时,它会发出好笑奉承的声音。所有马厩的人都逗弄它,叫它"宝贝"。它在山坡跑上跑下,即使是最崎岖的地区,也没有绊过跤,或需要我用鞭子。

天气仍旧很好,没有一丝云,阳光温暖,平野及低处的雪都不见了。N先生驾驶单座马车,我骑"鸟儿"离开科罗拉多泉,翻越平顶的台地,看到不寻常的薄片岩石,岩石的双翼是鲜明的朱红色,衬着派克峰高耸的积雪山脉。然后我们下降到多洞穴的艾伦幽谷,有针状的彩色岩石。我们接受了帕尔莫将军的招待,他的"豪厦"是完美的高山房穴,美丽的大厅摆满了水牛、麋鹿和花鹿的头、兽皮、鸟标本、熊袍,以及无数印第安或其他种族的武器与纪念物。然后我们穿过一扇红岩石的大门,进到被称为神之园的山谷,如果我是神,一定不会住在这里。这附近有许多地名粗俗的地方。由此,我们经过一个山涧,其下方廷河奔流而下,就在这里,我与友人们分手,独自进入这个苍凉孤独的峡谷,在夕阳红晕映照下的山岳只能远远瞧见。我把"鸟儿"寄放到一间马厩,自己则除了这间大旅馆之外,无处可去,于是只好享受这最后的豪华。在旅游季,他们收六块钱一天,不过现在半价;取代原本四百名衣着入时的旅客的是现在的十五个客人,而且大部分是病弱的肺病患者,几乎快把内脏都咳出来了。这里有七个医疗温泉,享受豪华房间的感觉真奇怪，这是在科罗拉多第四次躺在不是铺干草的床。我很高兴这一路旅馆不多，我得以深入拓荒者的家庭及日常生活。

伯根公园，十月三十一日

木屋很暗，我又很困，因此昨晚不能写信；不过半夜冷气逼人，使得我一直睁眼到天明。温暖的阳光把冰融化，才使旅程有了安全。我昨天十点离开马尼图。"鸟儿"在马厩没有被拴住，当它看到我拿着它的糖及面饼时，慢步向我跑来。找不到蹄钉，它的蹄铁靠两根钉子挂住，这使我一步只能走一英尺，而且松脱的蹄铁的铿锵声吵了三个钟点。整日，蔚蓝的天空万里无云，阴影里冷得冻人，阳光下却又像夏天那般炎热。矿泉水在水池中闪耀发光，长年不断喷出泉水；不过，白雪为顶、松林为裙的山脉，却阴郁地遮住尤特隘道，我进入其中，向上走了二十英里。这是条窄道，只够一条山涧及一条篷车道由两侧陡直的山壁中穿过。所有的时间我都可以看到方廷河，它奔流过崎岖的玫瑰红碎岩石，所以比任何溪水都明亮，真是一条美丽的溪流。它穿挤过坚硬的岩石，流过雪白光滑的冰，擦过水晶般冰块的边缘，冲落冷暗的洞穴，发出空洞的巨响，或者由高处急流跳入白色的泡沫中；它总是明亮，因为它纵情于岩石间、松树下、松树中、松树上，从不在静止的水池中歇息；它在日光中吟唱欢笑，在蓝色的松影中幽响。在这里，有一两英里的遮阴处，由于纬度较南，北部的常青松柏与在其他气候中生长的树木交遇，有矮橡木、柳、榛、杉；香柏与杜松互相推挤，争夺危险的扎根处；太平洋岸的巨大红桧与大西洋畔的奇特香松碰头，在它们中间，大白杨的浅金树叶，（如传奇中所述）在无穷的悔恨中抖动。所有的这些之上，耸立着闪闪发光的锯齿山峰，雪白映上蔚蓝。宏伟！壮丽！庄严！但不可爱。我愿以一切换取美得目不暇给的希洛深谷，或者一天"软香滑腻如凝脂般"的天空。

无止境的上行！路是由红岩石中崩裂而成，岩石常常倒悬，峡谷只有十五到二十英尺宽，穿过八次的方廷河，轰轰如雷的奔流声震耳欲聋。有时阳光直射到路上，就热得不得了；然而一进入阴暗幽谷却又积雪深厚；覆盖着白雪的松树，发出暗暗的幽光，河流在挂着冰柱的冰桥下奔腾。终于隧道开敞，进入一个阳光普照的高地公园，那里有个铁匠铺；钉好"鸟儿"的蹄铁，又在我口袋中装了些铁钉后，我们终于开开心心向前行，并在一个热诚主人的牧场得到了一些食物。他们就像所有西部人那样，在不沉默的时候，口中会冒出一连串的问题。我在那里碰到了基崔吉少校，他说他相信他的山谷，坐落在离小道二十英里之外，是科罗拉多最可爱的山谷。之后，他邀我到他家去。离开路后，我在深雪中向上爬，可是看起来好像走错了。我把马拴住，走到稍远的一间木屋。我还没走到木屋，竟发现"鸟儿"像条狗般跟来了，拉着我的袖子，把柔软的灰鼻放到我的肩上。是为了糖吗？我们还要走八英里——大部分的路是在森林中。我独行时，很不喜欢走森林，怕有什么东西会突然从树后出现。我看见一只漂亮的白狐、几只鼬鼠、一些花栗鼠及灰松鼠、老鹰、乌鸦,以及头戴羽冠的蓝鸟。太阳低落时,我到了伯根公园,一个根本无法联想起埃斯特斯公园的地方。绝对没办法!此地狭长,没有什么特征,而且附近的环境十分险恶。它使我想起一些阴沉的高处大河谷——比如希河幽谷①。我特别仔细地打量它,因为这是金斯雷小姐建议我停留的地方。傍晚光彩悦人,远景也很不错。一条岸边有河棉树的溪流穿过公园;低矮的山丘往下延伸至此。南端完全封死,可是公园另一端靠近派克峰的远方,是层叠的山峰,在可爱的傍晚呈现美妙的蓝紫色;再过去,清澄的绿空中,鲜明地衬着锯齿状的雪岭,据说远在两百英里之外。伯根公园被伦敦的贝尔医生买下,可是目前居住于此的是一位英国绅士索尔顿先生,他有一个有钱的已婚英国经理。索尔顿先生正在建造一栋好房子,并计划再搭建其他木屋,目的是要把公园变成观光区。我想起了朗斯峰下孤独的蓝色深壑,很高兴我"曾经到过那里"。

　　木屋低矮,泥顶,阴暗。屋子中央堆满了生肉、禽鸟与转轮;屋的另一隅几乎全黑,有一个煮饭的炉子,以及牛奶、瓶罐、一张长桌、两张长凳和几把木椅;房内的另一端则有英国经理和他的太太、三个孩子,以及另一座炉子、各种齿轮、几袋豆子与面粉。他们挂了一块床单作间隔,让我睡在碎石地上。吃饭的时候有十名雇工一起共餐。这里的一切似乎全都简陋、

---

① 位于苏格兰。

阴暗，令人很不舒服，但出身高贵，而且是剑桥硕士的索尔顿先生好像很满意这里。大部分的人就是这么开始他们在这里的生活的（如果有女士在，情形就好一点）。七条大狗——其中三条背上倚着猫，通常靠在炉边取暖。

普拉特河南支的双岩，十一月一日

由于路滑，我直到十点才离开索尔顿先生那里。我在一条岔道上走了四英里，累得在一座牧场上休息了两小时，在那里，很不高兴地听说要再走二十四英里才能找到住处。我并不喜欢昨天的行程。我累毙了，关节又痛，"鸟儿"也不如平常那样精神奕奕。上路后，我来到一处从没听说过的偏僻地方，叫海登分水岭，是这个区域的主要山脊之一，有十一英里长的路都覆盖了很深的积雪，而且寂寞得可怕。除了一只新近才死的骡子躺在路上之外，我没有看见任何东西。将近傍晚时，我相信自己迷路了，令我十分紧张，因为我来到了一片原始森林，其间散落着一百到七百英尺高的大块岩石；再过去是长着零星松树的草坡；四周是无尽的山脉，在幽暗的黄昏光影中隐现，不过西班牙峰清晰可见，以"落基山脉之王"称誉的林肯山也清楚地映在七十英里外的空中。独自身处这积雪深厚的孤寂深山中，被无尽的山脉包围，又知道一个月前才有三十个人的队伍在此迷失，实在是很可怕的经验。就在天黑前，下了一个陡坡，把我带出森林，来到一间干净的木屋，在那里得知住宿处就在两英里外。我继续前行。一位十分漂亮又可亲的女士把我安置在摇椅中；除了帮忙摇摇篮之外，不准我帮任何忙，让我"感觉像回到了自己的家"。房间虽然是他们及两个孩子的厨房、客厅兼卧室，可是明亮、干净又舒适。晚饭有覆盆子酱罐头、面包、牛油、茶、鹿肉及炸兔肉。七点钟我就去睡了，卧室是铺了地毯的木造房间，有很厚的羽绒床垫、床单、皱折边的枕头，以及一叠厚暖的白毛毯！我睡了十一个钟头。他们极力劝阻我走前州长亨特替我规划的路线，由于积雪，他们认为行不通，而且另一个雪暴正在酝酿中。

霍尔深谷，十一月六日

从上一封信之后，我又走了一百五十英里。星期六离开双岩后，我只骑了一段短程，到达油溪基崔吉少校的木屋，在那边与一些随和的人度过了一个安静的星期天。这段路一直在公园与深谷的松林中穿梭，大约九千英尺高，派克峰一直在视线之内。我对找路径已经很内行了，要不然就无法遵照所指示的："沿着深谷走四五英里，直到派克峰在你左边；然后跟着车轮印，直到碰到一些林木；之后再往北走，直到碰到一条小溪，在那里你会看到许多麋鹿的足印；然后向右渡过小溪三次，最后你会看到左手边有一块红岩石"等等。基崔吉少校的木屋小而孤寂，对一个受过教育的优雅女人而言，那里的生活是辛苦的折磨。我到那里后，天空开始飘雪，但是十一月的第一个星期天跟六月一样晴朗温暖，周遭一切仍是如此清纯。由油溪可以望见附近山坡之上派克峰的三个山峰，他们用它来计时。我们在黄昏光影中待了半个小时，派克峰才失去它透亮的金色光彩。离开基崔吉少校热诚的木屋之后，我像平常一样下马来弄低一块木条，一转身，"鸟儿"不见了！我花了一个钟点企图抓住它，可是它"大闹脾气"，不让我走近；我又累又恼，正在这时，有两个骑着骡子的捕兽者路过，合力包围它后捉住了它。我又骑了十二英里回到双岩，然后继续上路，一个好心的同路牲口商替我载行李。我必须在此说明，自从离开科罗拉多泉后，每一英里路都把我带到更高、更远的山上。那天下午，我一直在如草坪般的公园高地上前行，积雪的派克峰留在身后，前面的山脉沐浴在深浓的蓝紫光影中，一切都是美好的，不过时间久了后，不禁会觉得单调。然后篷车道突然向左转，穿过一条宽阔的湍流，那是普拉特河的源头。在那里我找到了别人介绍的牧场，一个叫林克的极佳猎人的住处，很像一间好的乡下旅店。那里有一个友善和气的女人，可是男子都不在，这是我不喜欢的事情，如此一来，我就必须先花半小时照料马，才能坐下来给你写信。我刚进门，一位在马尼图碰到的亲切的德国女士带着三位男士也来到此地，我们热络地互相招呼，吃了一顿丰盛但刺耳的晚餐。当林克太太不断把好吃的食物推销给我们时，她不停数落英国人，她说："你会觉得他们来此旅行只是为了满足味觉。"她还对着我问是否曾注意到这一点！人们总以为我是丹麦或瑞典人，从没认为我是英国人，因此我经常可以听到一大堆批评。傍晚，林克先生回来了，他与一位老猎人和一名矿工，以及替我载行李的牲口商，为了我后面三四天翻山的行程起了激烈的争执——因为从这里起，我要离开篷车道而行——第二天早上，争执越演越烈，如果不是我的神经够坚强的话，早就被吓坏了。老猎人尖刻地说"他必须说真话"：矿工叫我走的路，二十五英里内没有半间房子，如果大雪降下，世间就再也不会有我的消息了。矿工说"他才是说真话"：猎人教我走的路，积雪五英尺，路径莫辨。牲口商说骑马能走的唯一路径是……劝我走篷车道到南公园再说；我决定不走此路。林克先生说，他是这区域最早的猎人及拓荒者，但连他都无法通过任何积雪的小径。于是争论继续。最后他们部分同意有一条路可行——老猎人说是"落基山脉最糟的路"，有两英尺厚的积雪，不过，无论如何，猎人载了一只麋鹿走过一小段。整个辩论的结果，你可以在我下一封信中得知。

第十一封信

科罗拉多霍尔深谷，十一月六日

又是一个无云的早晨，就像早起的人们常碰到的状况，精神已经恢复，再度可以应付疲劳的另一天。在我们阴湿的气候里，你不会知道连续的好天气对人精神的影响。我几乎已在持续的阳光日子里生活了十个月，而现在只要遇到一个阴天就会使我陷入沮丧。由于路滑，我直到九点半才离去，上路不久后，就进入了原始幽暗的小径。很快地，我看到有个人骑在前面一英里左右，我赶快追上他，我们一起骑了八英里路。这对我真是方便不少，如果没有他，我怕不知要迷路多少次。后来，他才骑了两天的美国良种马吃不消了，而我旅行了两个星期的"又疯又差的布朗科马"却仍能在雪上慢跑。他是我这天十二小时内见到的唯一一个人。我彻底享受每一分钟的行程，并集中所有的精力与辨认力，因为路径的确模糊难辨。有时我真觉得林克先生给它的坏名声真是一点也没错。大部分的时间我都能看到塔里奥尔河,它是普拉特河水量最大的支流之一,两侧受山夹峙,最窄的地方经常只有一道狭谷,但有些部分又十分开阔;在蜿蜒上下二十五英里之后,它落入一处岩石环绕的不毛之地,那儿中间的溪道浅而宽,有英国亨廷登的乌兹河那么宽,河水源于融雪,旁边结冰,整块地被白雪覆盖的奇岩山丘包围,只有一些矮银杉赋予它明亮的色彩。至今我还没见过如此原始的地方,一点也不像此区的其他地方。

我又上了一个陡坡,那里山坡错综混乱;突然间,小径穿过宽阔的山涧,越过向阳的草地及深绿的松林;深深浅浅的红映在闪烁的蓝天之上,宏伟不似人间的连绵山脉就矗立在天际,清晰可见,或而升起成巨峰,或而断裂成深蓝色的山涧,或而破成锯齿状;巨岩与尖峰由不可攀登的一面升起,看起来真美——一个闪亮、似仙境、难以忘怀的美景,而且距离只有四英里。山脉看起来不似世间之物,似乎只有梦中才能见到,是"在极遥远地方"的美丽山脉。它们鲜艳的色彩,比艺术家笔下的摩押王国①或沙漠的山丘还要亮丽,真不能想象从来没人在此住过,因为山势高拔犹如庄严的堡垒——非关欧洲那种灰色的封建城堡,而是像整块阿拉伯式的灰色巨岩。它们绵延广阔,巨大高耸,色彩美得难以述说,由底部松林为裙的深浓红色,渐渐淡化成奇妙的温柔,直到高峰突然耸起,变成透明的红光,让人以为那是日落的光彩。底下是奇岩深壑,被河流切割成峡

---

① 死海东面的古王国,位于今约旦境内西南部。

第十一封信

谷，有着非人间的光彩，对身处北面山阴白雪中的我而言，那里像是温暖亮丽的地方。

在我们身边的是湿、冷、幽暗；
在他们身边的是日落绽放的玫瑰红光幔。

地上的阴郁包围着我，天堂的光彩则跟随着群山。在这里，再一次，礼拜似乎是人类灵魂唯一可做的事，那个问题再一次被提出："上帝，你衷心顾念、不时探访的人类究竟是什么？"我艰辛地在积雪的山坡上下跋涉，遇到结冰的下坡地，经常下马徒步，以减轻忠心的"鸟儿"的负担，也常常停下来饱餐永远壮丽的景色，总是发现一些新的深壑，有多彩的颜色，或奇特耀目的红，或不可思议的形状。然后，其下，小径所到的深谷，窄得连小径及河流本身都几乎无法容纳，而那又是另一种庄严幽静。溪水弯曲回转，有时宽阔成浅滩，有时又狭窄成沸腾的漩涡，岸边生长着角椎形野蕨与美丽的银杉，以优雅的姿态倒悬着；谷中幽暗而深冷，只偶尔会有一丝光线由冷雪上的松间穿过；我突然回头，身后是奇妙的火红尖峰，耸立在像是永不终止的落日余辉中。这种冬日与夏天的综合景象，令我啧啧称奇。小径一直都沿着北边伸展，雪深而洁白，但南边却丝毫不见雪的踪影，葱郁的草地沐浴在温暖的阳光下。

单调而嶙峋的黑松不见踪迹，白松也很少，两者都被尖细银绿的矮银杉取代。山谷深壑都已过去，火红的山脉也落在身后,高处变得阴郁神秘。我渡过一面已结冰的湖泊,来到一块被无一林木的山丘包围的空地,山丘上面则是白雪覆盖的山脉。在那里,小树丛间,我们走过一条已结冰的颇深的溪流,但冰突然碎裂,可怕、冰冷的水使我的双脚在余下的行程一直冰冷僵硬。越走近源头,河流越宽,不久后,小径消失,面前是宽而急的河水。我们两度涉过此河,然后小径就难再辨认了。在冷冻的空气与积雪中再往上行,穿梭在因遇冷而长不大、因狂风而扭曲纠结的枝桠间,那种孤寂感就像走在阿尔卑斯山高处的路上;除了冰雪的跌落声、悲惨的狼嚎及猫头鹰的枭叫声之外,没有其他声响。对我而言,太阳早已落下,山顶已由火红转为惨白;幽光也渐渐加深为浓绿;但仍"美上加美"!看不见有温馨火光的房子;头顶上,多彩的山脉举着它们冷硬的尖峰。在黑暗中,我开始害怕自己把别人告诉我的木屋当成了岩石。老实说,因为我的靴子与袜子都冻在脚上,而且已经十四个钟点没吃东西,我又冷又饿。骑了三十英里后,由小径上远远望见一点光芒,后来发现那是我前一晚过夜的友善人家的女儿的木屋。她的丈夫去了平野,她及两名幼儿留在这里,不过十分安全。我抵达后不久,两个由上面矿场下来的小贩来此过夜,长相可怕。他们对"鸟儿"喜爱得令人起疑心,居然想以他们运货的马匹来"交换"。我晚上的最后一件事及早上的第一件事,就是看我的"小宝贝"是否安全,因为他们不断提出"交换"的要求。之前曾有人出价一百五十元要买它。小贩们占据了内室的一间房,我不得不跟那名母亲及孩子们同眠。房间十分闷热,以《骨相学杂志》糊墙,早上我一睁开眼睛,就看到了我见过最好的坎德利希医生的照片,真伤心不能再看到那有两道浓眉的英俊脸庞。

林克太太是一位有教养又非常聪明的女子。两名小贩是爱尔兰裔纽约人,他们"交易"的方式跟"狡黠的山姆"一样让人觉得好笑。他们不只要"交换"我的马,还想要"收买"我的手表。我想,他们也出卖灵魂。他们花了一个钟头展示他们的货色,喋喋不休地推销,可是林克太太不为所动,我也只想买一块手帕遮挡阳光。为了我的行程,又起了一番争执。这是我旅程中最重要的一天,如果雪暴来临,我会被阻隔在山中数个星期;可是如果能涉雪走到往丹佛的篷车道,那么就不怕被风雪阻挡了。小贩们坚信我过不去,因为降雪后还无人走过此路。林克太太则认为我能,劝我一试,于是我为"鸟儿"上鞍,跨马离去。

有大半天的路十分艰苦。早晨天气很好,但是日光眩目又炙热。我一出去,就觉得自己快摔下马了。大手帕只能挡住颈子不被太阳晒到,可是热气却使我的灵魂、感觉、脑袋、眼睛不断眩晕。我从来没有看过或如此感觉过。我身处一万两千英尺的高处,空气当然很稀薄,雪白得耀目,我大部分的时间不得不闭起眼睛来,以免雪盲。天空是不同往常的炙热颜色;我偶然瞥了太阳一眼,它白得像莱姆球灯,放出奇特的火花。我想呕吐,呼吸困难,而且从头到脚都疼痛万分,真想在雪上躺下来。这也许是高山症的初期症状。我们慢步前行了四小时,周遭全是雪，除了映在燃烧的蔚蓝天空的闪亮山头之外，什么都看不见。我真不知道自己是怎么找到路的，因为小径上只是偶然出现一个人的足印，我也不知道那是不是我要去的方向。早先雪还没有如此深时，我经过最后一个大群野牛常出没的地方，可是除了牛角与枯骨外，什么也没看到。两个月以前，林克先生成功地把一头小牛与兽群分开，试着驯养。那是只七个月大的丑陋东西，有浓厚的胡须，宽肩覆盖着又短又厚的深色鬃毛，还会发出如猪般的嚎叫。它跑得比他们最快的马还要快，偶尔会跃过围栏的高栏杆，还把五头母牛的奶全喝光了。

雪更深了。我确定"鸟儿"摔了不止三十次，它似乎无法再前进，我不得不下马来，跟着它的蹄印蹒跚前行。当我看到一片乡野景色时，知道那必是南公园的所在，不知怎么我克服困难的精神又回来了，而且我们也正好走在遮住太阳的山丘下。小径终止了；这只是使我不断走错路的许多猎人小径中的一条。在雪中跋涉实在是件辛苦的事，我想我们花了两个多小时才走完一英里路。雪有两英尺八英寸深，有一次我们碰到一片积雪，表面像是沙漠的波涛，雪深及"鸟儿"的背、我的肩膀！我们终于走出了深雪区，我有点难过地注视此行的目的地——"大分水岭"。这个积雪的山脊与我之间，坐落着七十五英里长的南公园，这是超过一万英尺高的起伏草原，无林无木，被群山包围，受到太阳暴晒的干草丰富到你以为全科罗拉多的兽群都可以在这里找到草料。它的中心是一个简陋的矿城费尔普莱，可是传说有好些地区蕴藏丰富的矿藏。这个区域曾一度"拥入"

第十一封信

采矿者，矿工营地在阿尔玛及其他地方纷纷建起，暴力四起又毫无律法，因而成立了警戒委员会。南公园每年冬季因雪封而关闭，现在也快关闭了；此刻，一列大篷车正把此季的最后一批供给品运送上来，并把妇女及暂居的人送下山。夏天时有大批的人来到这山上，稀薄的空气压迫胸部，造成出血。有人说，你可以看出哪些是初来的人，因为他们总是用一块沾了血的手帕捂住嘴巴。可是我是从更高的冰雪区下来的；落到此地的雪都蒸发或吹不见了，在我看来，虽然孤寂又带有说不出的悲戚，它却像是一块有生长力的低地，使人联想到"寂静海"中的"无声桨"。我骑马慢跑过较窄的一端，很高兴涉过了雪区；当我碰到"丹佛篷车道"时，觉得所有山中旅行的困难都就此终止，结果却不然。

有个骑着马的人不久后加入，跟我作伴，一起骑了十英里。他相貌独特又有趣，骑着一匹极好的马，头戴一顶垂边大软帽，帽下露出浅金色的鬈发，有些长到腰际。他的胡子也是浅金色，蓝眼睛，肤色红润。脸上表情没有邪恶，态度有礼又坦诚。穿着一套鹿皮装，上面饰以珠饰，有一对奇大无比的铜马刺，马鞍装饰得很美。不寻常的是他所携带的武器数量；除了马鞍上横放着一支长枪外，皮套里还有一对手枪，皮带上有两支左轮、一把刀，一支卡宾枪挂在身后。我发现他是"很好的同伴"。他告诉我一大堆这个区域及野兽的事、狩猎的故事，以及许多印第安人残忍及奸诈的行为。这一路，我们越过南公园，经由布雷肯里奇隘道上升到大分水岭，这是一条不错的篷车道。我们在木屋停留，那里的妇人似乎认识我的同伴，除了牛奶、面包之外，还供应了一些鹿肉排。我们继续前行，抵达了大分水岭的顶端，看到白雪源头的溪流，两条河的起源地只相隔四分之一英里，一条流向科罗拉多注入太平洋，另一条通普拉特河到大西洋。在这里我与猎人道别，很不情愿地转向东北。上大分水岭实在不是明智之举，还必须匆忙往返。下山途中，我在刚才吃饭的妇人处聊了一下，她说："我相信你会觉得科曼切比尔是个君子。"我到那时才知道，如果她所说的话正确，我那聪明有礼的同伴便是落基山脉最可怕的亡命徒，拓荒先驱中杀害印第安人最多的人——此人的父亲及家人在灵湖遭印第安人屠杀，他的妹妹以及一个十一岁的孩子也遭他们掳劫。从那之后，他的生活重心就是寻找这个孩子，而且只要见到印第安人就大开杀戒。

在骑完二十英里后，这一天我已经整整骑了五十英里。然而，我骑着"鸟儿"又继续走了六英里，到达一栋别人建议我停留的屋子。路往上升到一万一千英尺，在这里我最后一次眺望孤寂高起的草原海。"丹佛篷车道！"这是我走过最糟、最阴郁、最差劲的路段，它只是一道蜿蜒的深涧——被松林覆盖遮蔽的黑暗的普拉特峡谷，整整六英里，两旁被一万两千英尺高、以松为裙的高山紧紧夹峙！沿着这隧道的四十英里，听说只有五栋房子，如果不是有矿工下来、篷车运货上去，那真是孤寂得可怕。就像现在，四周望不见任何东西。我离开南公园时是四点钟，在山壁及松林的遮盖下，光线很快就暗了下来，那是

第十一封信　149

一种你感觉得出的黑暗。在阳光下融化的雪又再冻了起来，脚下像一片冰原。"鸟儿"猛滑跤，我只好下马徒步，可是我们两个似乎都无法前行，在黑暗中，它不断摔到我身上，于是我由行李包中取出在佩里牧园得到的那双男人袜子，套到它的前蹄——这个权宜之计非常管用，建议所有旅者遇到相同情况时可加以采用。周遭漆黑得无法形容，所有行止都是靠感觉完成。我再次上马，任凭它自由前进，因为我连它的耳朵都看不见。虽然它的后腿仍然滑溜得很厉害，我们总算设法走过了峡谷中最窄的一段，旁边还有一条奔流的河川。松林十分浓密，在冷冻的空气中，有悲戚的叹息断裂声，还有一些解释不出的"古怪"声响。终于，就在袜子快破掉时，我看到了营火光，有两个猎人坐在旁边，而深涧开口的坡边似乎有建筑物的踪影。我们半涉水半履冰地渡过河，我发现，尽管这里的名声值得怀疑，这应该就是别人告诉我可以过夜的地方。一个仍有理智、态度有礼的醉汉由里面出来，门被打开了，我面对的是一间油灯明亮、没有烟囱、烟雾弥漫的简陋酒吧。以食物、住宿及一般情况而言，这是我住过最糟的地方；一栋老旧又十分肮脏的木屋，墙上隙缝处处，只有一间很脏的房间用来兼作厨房和饭厅，那里面还睡了一名发高烧的重病矿工；旁边加盖了一个以帆布围起、没有屋顶的大棚子；然后就是酒吧。他们把这乱七八糟的情形归咎于建筑工程。他们问我是否就是《丹佛新闻》上登载的那名英国女子，第一次，我很高兴自己的名声走在我的前面，这样我就不会"被赶出去"了。食物很糟——肮脏、油腻、令人作呕。有名的猎人鲍布·克莱克进来吃晚饭，他后面懒散地跟着一名年轻人，尽管他衣着破烂，我一眼就认出他是英国人。我看到的就是他们在山坡边的营火。此人有一副可笑的小贵族模样，像邓德里雷爵士[①]般有气无力的慢吞吞相，憎恨一切东西；我坐在炉边，默默怀疑为什么许多我们上流社会的同胞——这里人称他们为"唱高调的人"——会把自己弄得如此荒谬可笑。他们既不知道住嘴，也不知道适可而止。美国人一般认为英国人就是这样。他起先没有注意到我，一直到发现我是英国人后，态度立刻变得有礼，啰嗦也短了一半。他颇为痛苦地告诉我，他是护卫队里的军官，出身良好家庭，放四个月的假，于是来这里猎杀水牛、麋鹿，他轻视所有美国的事物。我不知道为什么英国人要这么大嘴巴，说出这么多私人的小事。最后他们各自回营地，房东也进入昏昏欲睡的醉态，他的妻子问我怕不怕睡在没有门的帆布围棚里，因为他们无法移动病人。因此我就睡在破棚里，星星在我头顶闪烁，水银柱指着三十度（约零下一摄氏度）。我从来没有告诉过你，我曾经不经意答应过人，我不会不带枪一个人在科罗拉多旅行，因此在我离开埃斯特斯公园时，口袋里有一把上了弹夹的夏普斯左轮枪，它一直使我苦恼。在丹佛的商店时，它发亮的枪管不小心露了出来，孩子们把它取出来玩；当我把它放在夏威夷骑装的口袋里，把衣服挂起来时，它居然把衣服连钩子一起拉到地上；我实在想

[①] 邓德里雷爵士，英国剧作家汤姆·泰勒的剧作《我们的美国表亲》中的角色。

不出会有任何情况需要用到它，或会对我有任何帮助。然而，昨晚我把它拿了出来，清洁、上油，放在我的枕头下，决定一夜不睡。可是我一躺下就睡着了，一觉到天明，直到明亮的阳光穿射过屋顶才醒来，这让我对自己的害怕感到可笑，发誓从此弃绝枪弹！

第十二封信

鹿谷,十一月

今晚我住在一个美丽的地方,就像荷兰的农场——宽敞、温暖、明亮、清洁,有丰富干净的食物,还有一间属于我自己、小而冷但整洁的房间。不过我很难集中精神来写信,因为有两个口无遮拦、烦躁的爱尔兰女人,不停述说一些有关暴力、警戒委员会、私刑法规,以及"吊死"等我从未听过的可怕事情。她们在南公园经营矿工寄宿屋,准备来此过冬,就住在一辆运货的篷车里。想到我一路安全经过的地方,在不久前才发生过有人像鼬鼠般被射杀的事,实在让我惊出一身冷汗。在此之上的矿区,几乎每个人都曾在某种情况下杀过人。这两个女人有一个房客,只有十五岁大,竟然认为除非杀过人,否则就会被人瞧不起;她们荒谬地叙述,这孩子带着左轮闪闪躲躲,鼓不起勇气侵犯人,最后他躲到马厩中,把第一个进门的中国人射死了。那里正是暴徒们喜欢的环境。不小心在公共场所撞到了人，或用餐时说话得罪了人，对方就会"先下手为强"，根本不需要正式决斗就相互射击，几乎所有的枪杀事件都是在公共场所或酒吧因小争执而引起的。由于妒忌或复仇等较大的冲突很少发生，就算有，大多数也是为了某个不值得的女人。最近在阿尔玛及费尔普莱成立了警戒委员会，如果有人行为过分，使人憎厌，便会收到一封预警信，上面画着一个人吊在树上，底下是一口棺材，收信人必须在几小时之内尽速离去。当我提到我昨晚在霍尔深谷过夜时，引起了不少惊叹声。他们都说，我的房东过不了多久就会被"吊死"。我知道昨天有一个人被"吊死"吗？我看见了吗？他们说，那人就在那屋子旁边的树上被吊死的。后来他们又告诉我一个可怕的犯罪暴力故事。这人惊扰了阿尔玛的群众，警戒委员会发函给他，结果正如他们所希望的，他移居到了霍尔深谷。后来，霍尔深谷的矿工决议，要不就不准开设酒店，要不就限制酒店的数量。但当这个坏蛋开了一家酒店时，却收到了一封"预警信"，这似乎仅是为了要赶走他，因为就算是根据私刑法规，这也不能算是犯罪。他敌不过众人而被制服，情况越演越烈，经过审判，一小时之内就被吊死在树上[①]。

我今早十点离开那地方，有山丘遮挡住太阳，一天都很舒服。我只骑了二十二英里路，因为在冰上行走极为困难，而在霍尔深谷方圆三十五英里内没有铁匠。我刚离开，就碰到了

[①] 公众赞同执行这项决议，认为是一连串罪行应得的惩罚。——原注

两队送货的人，他们给了我不好的消息：从此地到丹佛之间有三十英里的路结了冰。他们说："你会有一番困难。"路上上下下，而且夹在高山旁的一条湍流边。景色非常雄伟，但是我很不喜欢被包围在这深谷中，总怕会有东西从树间窜出来吓我。一整天，在那两队人经过后，我只碰到两个带着"千斤顶"的人。"鸟儿"很讨厌千斤顶，只要一看见就后退躲藏。路糟透了，一整片的冰，又孤寂得可怕；一方面要担心马儿在冰上摔断了腿，一方面又要注意被风摧折的枝桠会打落下来，一整天都战战兢兢。将近日落时分，我来到一间"留宿旅行者"的木屋，可是那个女房东一脸尖刻相，我宁可再走四英里。那是一条在美丽的阳光山谷中的蜿蜒小路，满布我前所未见、拥有蓝银光亮的银杉，再越过一道分水岭，从那里可以看见令人着迷的日落色彩，美妙极了。能够走出幽禁我一整天的深壑，也是极端的享受。这里有一列共计十二辆篷车的货运队，每辆篷车有六匹马，可是运货员都自备露营用毛毯，不是睡在车里，就是睡在地上，所以屋里一点也不挤。这是间舒适的两层楼木屋，不但填满了缝隙，里面还钉上木板。每个房间都有一个大壁炉，里面燃着熊熊的火；墙上有美丽的雕花，一篮篮爬藤植物由天花板垂挂下来。这是我到过的第一个有如此美丽布置的拓荒者家，每个房间都有门，橡木椅磨得发亮，地板虽然没有刨光，但很干净，几乎可以在上面吃饭。餐桌干净而食物丰盛，这家的母亲及女儿们虽然负责全部的家事，但干净整齐得好像从来不做事，而且她们笑口常开。屋主不准任何人带酒进屋，也不准在屋子附近喝酒，这是"留宿"的唯一条件。运货员进来吃饭时都梳洗得很干净，虽然有十二个人睡在厨房，一到九点就悄然无声了。运货的生意利润很高。我想，由丹佛到南公园，每磅收三分钱，在那里，有许多货被转上"千斤顶"，送到上面的矿区。不过有人正在考虑筑铁路。在货车离去后，我与这家人一起吃早餐，不像在其他地方那样坐下来把剩菜吃光，他们反而重新换上桌布，拿出新鲜的热食。水桶全是磨光的橡木，有发亮的铜把手；厨房用具全亮得不能再亮；更惊奇的是，女孩子们还替靴子上油。鞋油被认为是十分奢侈的东西，大部分家庭都不会备有鞋油。在过去两个月里，我的靴子才上过两次油。

丹佛，十一月九日

我不知道鹿谷垦荒者的优良个性是否超越物质范围，可是那天傍晚我碰到的一个运货员说："在这样的人家过夜，使他更觉得像个男人。"在科罗拉多，人们认为威士忌是所有罪恶与暴力的根源，矿区大部分的枪战都起源于此。懂得节制的饮者相当少见，总是不经意就喝过了量。科罗拉多拓荒区目前最大的问题，也是选举最主要的政见，就是禁酒还是不禁酒，有些报纸公开支持禁酒法令。有些区域是禁酒区，比如格里利，就没有犯罪的事情发生；在部分我旅经的畜牧或农业区域实际上也禁酒，结果他们真的是夜不闭户，矿工就把他们的银块留在篷车里,晚上没人看守。人们说,东部初来的人都不知道他们的生活是多么安全,既无危险,也无恐惧。但是大家都知道有一个说法:"在密苏里以西没有上帝存在"。这是正确的,"金钱万能",到处都是拜金主义。最获认可的品格是"投机取巧"。男孩子们在功课上欺骗得手,被称赞是"聪明的孩子",心满意足的父母会告诉他,他会成为"聪明的男人"。欺骗邻居的人只要手法高明,法律逮不到他,就会赢得令人羡慕的"聪明人"的名声,而标榜这种"聪明人"的故事,会是每家围炉闲谈、令人钦羡的话题。这种投机取巧是行骗的端倪,不顾或蔑视弱者的聪明行骗者常常玩弄法律,引起大众无限的钦佩①。

　　第二天早上十点,我离开了鹿谷,天气好极了,周围色彩缤纷;骑了十二英里后,我孤坐在一家铁匠铺的木桶上整整三个小时,等他们替二十四头牛加环;然后我又骑了二十三英里,经过美丽的溪流与深谷,到了一间杂货店。在那里,我必须与一个大家庭、三名运货员合挤一个房间;中间用布帘间隔,室闷得令人受不了。我四点钟就起来,没有惊动任何人,将"鸟儿"上鞍,把钱放在桌子上,在黑暗中离去!经由火鸡溪峡谷到丹佛只有短短的十八英里,沿途风景极美,然后就一路上升,沿着六百英尺深的悬崖边缘,路窄到当我遇到篷车经过时必须下马,以免脚被车轮撞到。之后,则

---

① 我在旧金山抄写此信,很遗憾,必须强调上述所写的内容。有深度的优良美国人会惭愧而痛苦地同意我的说法。(一八七九年五月)——原注

是视野良好的起伏的山麓小丘及棕灰的平野，一路延伸到丹佛。平野上看不到一棵树，夏日的炙阳与干旱把一切弄得乱七八糟，背后躺着山中最后的一座大峡谷，有浓密幽暗的松林，冷冻的白雪。我离开大路走捷径，穿过平野到丹佛，中间经过尤特族印第安人的营地，那里聚集了大约五百人，住处肮脏凌乱，小马、男人、妇女、小孩、皮毛、骨头及生肉四处散落。

美国人将永远无法解决印第安人的问题，除非印第安人灭种。他们对待印第安人的方式如果是视如仇敌，只会加重印第安人的叛逆与"恶行"，但如果视为朋友，又会使之陷入要靠他人救济的堕落境遇，无法获得文明化的基本要素。原始的印第安人与文明的印第安人的唯一差别是后者携有枪械，而且常喝威士忌喝到烂醉。处理印第安人的事务所因腐化而渐渐起不了作用；听说只有百分之三十的补助金能抵达该得到的人手中。抱怨声四起：破旧的毛毯、劣质的面粉、故障的枪械。"排除没用的印第安人"是人们常挂在嘴边的一句话。就算是印第安"保留地"，实际上也逃不出被侵犯的命运；因为如果"发现"有金矿，大家就"蜂拥而入"，于是土地的持有者不是被迫接受更西边的土地，就是被打死或赶走。毁灭印第安人的一个最可靠的方法，就是用威士忌。最近他们企图净化印第安管理部门，可是大大失败，重蹈美国所有官方清理事务的结果。美国人最喜欢夸大其辞，将"世界最大"、"世界最好"这类用语整天挂在嘴上。除非他们有一位强而有力的总统，否则美国政府很快就会因为拥有"最多的无赖汉"而爆炸。

离开山区进入丹佛，可以眺望一层层顶着白雪的山峦，视野瞬间变得美妙至极。我可以确定北方七十英里外三座闪耀的高峰，就是无可匹敌的落基山脉之王——朗斯峰。我"对山的狂热"变得如此强烈，以致憎恨在干热平野上的每一小时。山脉比我第一次在格里利看到时更可爱，有一种美妙鲜活的气氛。我直接造访艾文斯的家，受到热诚的欢迎，他们都担心我的安危。艾文斯几乎与我同时到达，他刚由埃斯特斯公园回来，篷车上有三只麋鹿、一只灰熊以及一只大角野羊。对于一个人喜欢的地方或生活，（不管有过多少教训）他一定会认为："明天仍会一如今天，而且会更好。"在整个旅程中我不断想重回埃斯特斯公园，找回一如往昔的人事物。但是，艾文斯带来了不受欢迎的消息，好朋友们都散了。杜义一家及华勒先生现在在丹佛，房子已被拆除，爱德华斯夫妇单独留在那儿，期待我回去。星期六，虽然天热得像夏天，但美极了，夕阳余辉是我前所未见的浓艳，不过那深浓的红变成了昨日的酷热，令人无法忍受。我到奉行英国国教的教会做了两次礼拜，念经与唱诗都很美；可是在这个男人占优势的城市，来教会做礼拜的却大多是女子，她们不停搧扇子，扰人心神。除了教堂有礼拜之外，丹佛不太看得出星期天的样子，城里到处都是从矿区下山来的无赖、混混。在长期没有接触礼拜之后，与一群人一起祷告真是非常快乐的事。华丽的赞美诗有如天籁，可是天实在太热，要"度过"

这一天实在很难。他们说整个冬天他们都会遭遇类似的气候。

黄金市，十一月十三日

不管在丹佛与杜义一家及许多好朋友在一起是多么快乐，"令人损耗的世界"对我的健康与个性都是过分的负担，于是星期一下午四点钟，太阳还炙热时，我告别丹佛，开始十六英里的行程。经过一座孤立的坟场，我开口询问一位倚在门边的妇人有关前往黄金市的路径，却连问了两遍才得到答案。虽然是很简单的答案，她却给了一长串的回答。她以十分悲哀的语调说："喔！去问牧师；我也许可以告诉你，但那责任太大；去问牧师，他们会告诉你！"然后又开始哭泣。以她现在的精神状况，她必以为我是在问我们理想中的黄金市。这十六英里路轻松得只像一英里路，"鸟儿"休息了两天，又没有多少行李，日落后，在科罗拉多新鲜的空气里，它似乎十分享受这段路程。我们到晚上才抵达一处深涧，天黑后一小时才摸索进入这个没有灯的黑暗矿城，不过我们很幸运，顺利找到了住处与马厩。

博尔德，十一月十六日

我怕你对这些描述旅行的信会觉得乏味。对一个坐在家里的人而言，落基山脉的旅行，一如落基山脉的景致，必定十分单调；可是对我而言，绝非如此，山上干爽纯净的空气是生命的万灵丹。在黄金市我与我忠实的小马分开了一段时间，因为通往爱达荷的清溪峡谷只有狭窄的火车道可通行，无法骑马或骡通过。在这个山区中，没有马似乎就十分无助。我最大的愿望是去看一眼位于九千英尺高的乔治城（据说是美国最高的城）之上林线附近的绿湖。才一天，我就由炎热的夏天进入寒冷的冬天。黄金市在白天显出它的丑陋，与它的名字十分不搭调。这是个粗简的城市，随处可见用木棍支撑、铺着木板的人行道，而砖块、松树、木屋全都挤在一起，每隔一家就是间酒店，几乎看不到女人。我的女房东对给我一个不适宜的小房间感到很抱歉，她说："这并不是她想给我的房间，但她以前从来没有过女房客。"用早餐时，在一旁服侍的"女士"说："我一直在想你必定是位作家。"这一天跟平常一样晴朗。想想十一月已经过了一半，除了日出日落时的深红云霞之外，天上几乎见不到一丝云！他们说在山麓小丘，冬天并不会"真正到来"，只是一阵一阵的寒天与明亮的暑天夹杂着造访，雪也从不堆积，不至于影响到牛的饲养。黄金市到处响着粗言秽语，特别是在车站附近。美国人亵渎救世主的名声已到了令人吃惊的地步。黄金市坐落在塔夫卡斯（别名清溪峡谷）的开口处，许多人认为它拥有山中最宏丽的景色，因为它百转千回，风景最美好的一面几乎是垂直的，再过去则被一大堆岩石与层层白雪覆盖的高山挡住。很不幸的是，它上面几乎已全无林木，矿区的开发已把它们砍伐殆尽。通往乔治城、黑鹰城及中央市等富裕矿区的狭窄陡斜的铁路，实在是工程上的奇妙结果。铁道必须炸开一部分

第十二封信

峡谷，有一段是在溪中填碎石，再把铁轨架在上面而建成。我从没有见过像这条铁道以及连接的驿马线上，如此粗鲁不讲理的管理员，也从没听说过如此荒谬的车资。他们有很好的乘客车厢，但是因为季节已结束，所有乘客只能坐行李车厢，却得付全额票价；结果，为了要观赏窗外的风景，我不得不坐在车门口的地上。沿途奇异壮丽的景色简直令笔墨无辞。山景急流切割，曲折回转，又受高山夹挡；深壑山涧遭风雪侵蚀，鲜丽的色彩在阴影处显得幽暗，不过偶有阳光射入，呈现它的孤寂。少数生长在岩石缝隙中发育不全的松柏，稀落倒悬，由于采伐不易而逃过被砍伐的命运。有时隧道两边的山墙似乎在顶上碰头，然后又敞开，岩石的形状奇特，景色宏伟壮丽，令人敬畏。经过两小时这样的风景后，铁路到了终点，峡谷也开阔到可以容下一条满是坑洞的碎石路。一辆大"协和车"在等着我们，准备载二十名乘客和一大堆行李，以及四个没有行李的乘客，他们被安置在车夫后面的座椅上；这个大东西不停地抛动摇摆，让我想起最恐怖的新西兰栈道。驾车者一开口就是粗话，虽然有两名女乘客，他还是一路骂着他漂亮的马。以前，就算是最粗俗的人，也会在女士面前暂停粗话，可是他们"把这一切都改变了"。我在这里所见到的每个人似乎都是坏脾气。我猜他们在矿区的"投机生意"大概都泡了汤。

这条路沿着峡谷直抵爱达荷泉，此地夏天时是很著名的观光区，现在却了无人烟。在那里，我们爬上六匹马拖曳的马车，继续往上爬到一万英尺高处，然后再下降一千英尺，抵达乔治城,一座挤在美丽狭窄的山谷中的城市;再过去,峡谷"显然"就被垂直不可及的山岳遮挡住,山上林线下散落着一些松树以及一层细薄的雪。这区域能建造房舍的地方是如此陡斜、受限制,没上漆的山形墙房舍四处散落,奔腾的流水穿梭其间,让我觉得有点像瑞士的小城。所有的小房子一边都种着小松树,以防被穿过峡谷的狂风吹毁。这是我在美国看过唯一可以被形容为风景如画的城市。不过事实上,坐落在高山围抱的冷黑低处是很糟的事。我在下午三点到达,太阳却已下山了,因此整座小城全笼罩在阴影中。事实上,幽光似乎已起;在丹佛无法兑换纸钞,我身上的钱只够住一天旅店。我也许会错失此行的终点——绿湖。我们穿过狭窄、拥挤、不规则的街道,一群群矿工四处散立,有的在阳台上喝酒赌博。抵达位于下坡地的一家不错的旅馆后,我立即询问我是否可以前往绿湖。房东说他想是不可能的;积雪很深,已有五个星期没人上去过,不过为使我得到满意的答复,他还是派人到驿站去问问。回来的答案很妙:"如果是那个在山中旅行的英国女子,我们可以给她一匹马,其他人不行。"

第十三封信

博尔德,十一月

在旅馆的外面,他们给了房东有关一匹马的回答(上封信结尾),他立刻进来问我的名字,问我是否就是穿越塔里奥尔河由林克的旅店到南公园的那名女子;消息传得真快。五分钟后,马已在门边,配有一个笨拙的双钩侧骑马鞍,我立刻出发往上走。这是趟令人兴奋的旅程,还点缀着恐惧。黄昏的幽暗已笼罩整座乔治城,我必须再攀爬两千英尺,不然就得放弃绿湖。我会忘记许多事情,但绝不会忘记这宏伟奇妙的美景。我走上一条陡斜的小径,先沿着清溪,然后来到一个先宽后窄、有冻结瀑布的山谷,它冻住的两面看起来有五千英尺高。这区域有丰富的银矿藏量。这些矿场的股利每天都可在《泰晤士报》上见到,有时是一对一的利润,后来降了百分之二十五。这些矿场不断涌出的地下水、不停压敲的水轮,加上聚集在附近的采矿者,使这个区域日夜都充满了烟雾及嘈杂声响;可是我转身把这一切抛在身后,来到一个安静的区域。这里的矿工都只身挖矿,对能找到银子深信不疑,但有些人则大失所望。农林业建设并美化环境,采矿业却肆意破坏摧毁,把大地弄得乱七八糟,丑化一切,使所有的绿色枯萎,也同时枯竭人的心灵。这条路上到处都是矿坑,到处都有摧残的痕迹,打洞、掘谷、挖洗矿槽;就是在看起来到达不了的高度,也有他们用木柱支撑屋顶的洞穴,在那里,耐心十足的孤独人们正为宝藏出卖生命。其下的溪畔,人们在冰柱之间洗矿,而在高处,到处是几乎不可通行、连千斤顶都起不了作用的小径痕迹,通往一个个洞穴;在那下面,矿工背着他们的铁锹。在这些山壁的洞穴中,许多人的心因为极少能挖到银矿而破碎。所有的山壁都布满烧焦的残根,大自然创造的宏伟美景全被破坏无遗。即使看到了这一切,我仍转身前行。最后遇见的一名矿工明白地指示我该走的途径。我离开小径,向上走进孤寂的冰冻世界——先是一片冰,然后是一英尺深的雪,洁白而松软,然后是困难的爬升,穿越一片松林,里面几乎全黑,马儿在深雪中蹒跚碰撞。然而,目的地终于到了,得来一点都不容易。在大约一万两千英尺的高处,我停在一个陡斜的坡上,下面就是绿湖,完全被浓密的松林包围,上面是夕阳红霞照耀的山岳,湖中看起来是水,实际上却是两英尺厚的冰。从下面的凄冷幽暗中,我来到了这个空气清纯、落日余辉下光彩夺目的神仙之地。我心中想起一句话,"黑暗已过去,真正的光明正在闪耀";就像是替这句话加注,下面深黑的洞中,成百上千的人正在幽暗阴郁的光线中挖掘。

> 哦！世界，充满了凄凉的噪音！
> 哦！人们，声音中有着哀泣，
> 哦！黄金，那是哭泣者的积累，
> 哦！那是争吵诅咒的来源，
> 上帝将寂静打入你们，
> 他给以他所钟爱的宁静。

来到这个高度，眺望远处的落日光彩，真是不可言喻的感觉，这提醒了我们，上帝跟他的太阳还没有遗弃这个世界。可是太阳落得很快，就在我凝视美妙光彩消失的当儿，山头变得灰暗悲戚。身为这冰冷高处的唯一人类，感觉十分奇异；下山时，又要涉过一英尺厚的积雪以及陡斜的冰坡，进入黑暗。山壁像是星光点点的苍穹，每一个亮点显示有个孤独的人在洞中挖掘他的银子。我所能见到的景象真的非常可怕，感觉上仿佛不摔落悬崖就到不了乔治城。一路有许多悬崖，路上全结了冰，危险至极。这是我在科罗拉多走过的唯一需要胆量的路。当我探险归来时，已是深夜。

我第二天八点乘爱达荷驿车离开乔治城，天很冷。由于空气干燥，如果只是零下数度的话，感觉尚温暖。现在这个季节，乔治城的太阳要到十一点才会升起；我怀疑一整个冬天，那里根本不会有太阳！经过四小时的颠簸后，我们又被行李车接走。

不过这次车长说，既然我旅行是为了欣赏沿途的风景，他可以把自己的椅子摆在平台上让我坐，于是我有了极佳的视野，能观赏到高壮的峡谷。为了节省，我在黄金市餐馆吃了饭，三点钟时，再度骑上了可靠的"鸟儿"。我路上碰到的惊险，愚蠢到令我羞于启齿。我离开黄金市时是下午三点，阳光普照，又不太热。在驿站，没有任何人能给我路径指示，要我沿着往丹佛的路走，直到碰到能为我指路的人，这使我一开始就走错了路。骑了两英里后碰到了一个人，他说我根本走错了方向，要我穿越平野；再碰到另一个人，他指点了我一大堆路径，我记不清楚，这回可真的迷失了。在一望无际的平野上，夕阳无限美丽。就在天将暗沉之际，我碰到了一位运货员，他说此时我比离开黄金市时距博尔德还要多出四英里，指点我去七英里外的一户住家。我想他认为我应该没问题，于是要我穿过草原，直到一个三岔路口，然后挑最好的一条朝北极星的方向一直走。他的指示的确把我带到岔路，但是天已黑得什么都看不见，很快，我连"鸟儿"的耳朵都看不清楚，完全陷入黑暗而迷失了。我在黑夜的孤寂中一个小时接一个小时地走，四周是草原，头上是冷星闪烁的苍穹。不时可以听见狼嚎，偶尔的牛鸣给了我接近人类的希望。可是除了孤寂的荒原之外，什么都没有。你很难想象对看到一线灯光、听到半响声音的渴求，还有独自身处广大寂静荒野中的极端怪异的感觉。天气冻得刺骨，我下定决心整晚朝着北极星走，生怕我会碰到普拉特河的支流，或者"鸟儿"疲倦。然后，我听到一头公牛的低鸣，它是在喷鼻息、踢土，似乎在争路，马儿不

第十三封信　　167

敢过去。当它曳足而行时,我听到狗叫及人的呵叱声;然后我看到了灯光,又过了一分钟,发现我到了一栋大房子前,我认得里面的人,这里离丹佛只有十一英里!时间已近午夜,灯光、温暖,以及一张舒服的床,实在受欢迎。

你想象不出日出前平野的光彩。就像夕阳一样,在水平线的高处有一道浓亮的橘色光影,而同时,山岳反射还没升起的太阳的光线,现出如同紫水晶般的紫色。我一早就离去,可是很快又迷了路;不过知道山中清澈的切割线是大熊谷,离博尔德很近,我就对着它穿过草原,结果找到了往博尔德的路。"人算不如天算",我的历险到今天出人意料地终止了。到了这里以后,我没有再去山中,反而不得不躺在床上,因为炙热的太阳使我眩晕、头痛。在那大片枯萎的土地上,没有一块大岩石可以遮阴休息。烤焦的碎石土地反射酷热的阳光,望见远处凉爽的蓝色山岳、无尽的松树,以及它们深蓝的阴影,简直会使人发狂。博尔德是炙热平野上聚集了一堆丑陋木造房舍的地方,由于它是博尔德峡谷垦荒区的货物"转运站",又发现了煤矿,极力想成为一座"城市"。

朗蒙特,十一月

今天我起了个早,骑了租来的马,走了九英里路来到博尔德峡谷。这是个众人称道的地方,我却除了它宽敞的篷车道之外,对其他的所有东西都感到失望,尤其对马儿的懒散不满。

穿越草原走了十五英里，我在午后抵达此地，以为会收到许多信，却一封也没有。"鸟儿"看起来好极了，房东不相信它已旅行了五百英里。我"穷困的感觉"很严重，付了账单后，只剩下两毛六分钱。艾文斯还无法归还欠我的一百块钱，除此之外，丹佛银行虽然还开门，但暂时停止付款，我也就无法兑现我的纸币。经济拮据，没来由的恐慌使情形更糟。目前的情况是，没有人有钱，因此所有东西都不值钱。结果对我而言，"不论我愿意与否"，都必须回埃斯特斯公园，在那里我可以没有现钞而依然过活，等情形好转之后再说。事实上这并不算运气不好！朗斯峰耸立在紫色幽光中，我渴望在它底部蓝色的深洞中，享受清凉的空气与无拘无束的自在生活。

埃斯特斯公园，十一月二十日

那三个惊叹号是我所有的需要，要给我那宏伟、孤独、高耸、清澈、遥远，及野兽寻取的巢穴的赞美，它似乎比以前更难以形容；可是你一定想知道我是如何疾驱此地，而我也想对你诉说我目前的窘境。我在星期六早上八点离开朗蒙特，带了不少东西，除了自己的行李之外，还被要求把邮件带回，其中报纸重得要命。爱德华斯及他的妻子与家人相信还在那里。大雪暴即将来临，整个笼罩平野的天空一片阴霾；在山上，天空是深暗、静止的蓝，白雪覆盖的高峰矗立在阳光中。这是个看起来阴郁又孤独的早晨，可是当我抵达美丽的圣佛兰峡谷，阴惨的蓝空变得鲜亮起来,太阳也温暖闪耀。啊,这段行程是多么美,而且无与伦比,比我见过其他吹嘘得天花乱坠的地方美丽得太多。首先是这片山坡围绕的美丽的草原谷地,圣佛兰河曲折地在纠缠的河棉丛、枯萎的铁线莲及蔓藤间穿流,两个月前这些植物使山谷充满了欢愉的艳红与金黄。然后是山壁奇异斑驳的峡谷;再来是穿过山麓上升到九千英尺高的岩石门;接下来是二十英里最原始又美妙的景色,翻越十三座九千到一万一千英尺高的山脉,穿过数不清的峡谷与深涧,涉过十三条溪流,最后下降穿过麦金深谷,其上正是以"落基山脉之珠"称誉的朗斯峰。这是趟不寻常的旅程,一路行来进度很缓慢。路本来就很难走,尤其马儿载了重物,又经过几个星期辛苦的长途跋涉。走了十五英里后,我在人们通常购买食物的牧场暂歇,可是空无一人,下面的牧场也是一样。于是我不得不走到最后有房子的地方,有两个"光棍"在那儿。我必须决定是买食物给自己,还是替马买饲料;不过那名年轻人听到我的窘境后,愿意信任我,让我"下次再付"。他的房子干净、整齐又生动悦人——干净舒适得让人不觉得拘束——该是所有女人的榜样;而且他端正的眼神,加上男子的尊严,是戒酒的习惯所致,这又该是所有男人的榜样。他为我煮了一顿丰富的餐食,还有茶。饭后,我打开邮袋,很高兴发现一堆你的来信;不过我在那里坐了太久,忘了还有二十英里的路要走,至少要花六小时。天空晴朗。我没有感觉到早先旅程的欢愉,人困马乏,我不能催促它,一山接一山,路途似乎遥不可及。然后来到一座浓林密布的深暗溪壑，才几英尺宽，有许多浅流；在这寒冷的深处，我看到最后一线日光从四千英尺高的峭壁上消失。黑暗降临后，一切显得十分怪异，风在幽暗的松林中穿梭，在这深谷的底部，有时是冰，有时是雪。四处传来狼嚎，这表示有风暴即将来临。在这二十英里的路途中，我遇到一名猎人，他马背后载着一只麋鹿，告诉我不但爱德华斯一家昨天还留在木屋，而且不论情况多糟，他们还会再留两个星期。天黑后，路似乎更长，更无止境。终于，最后一座山被征服了，最后一个深涧过去了，一种想要有人作伴的奇异渴求使我走到"山中的吉姆"的屋前，可是缝隙没有灯光透出，万籁俱寂。我只好无精打采地继续走下麦金深谷，那里不断有怪异的声响传出，虽然天上星光闪烁，地上却一片漆黑。不久后，我听到令人振奋的狗吠声。我以为是陌生的猎人，却发现是"铃"那只宝贝，它的大爪与巨头一下子就上了我的马鞍，它以非人言却能让人懂得的声音，像所有狗儿欢迎人类朋友那样欢迎我。随它之后而来的两名骑士，其中一个我可以由他快乐的声音及有礼的态度认出，是它的主人；另一人，太黑了，虽然他擦亮了火柴让我看一匹马上载的贵重皮毛，我还是看不见他。亡命徒非常高兴见到我，他要另一人带着毛皮先回去，他则调转头陪我到艾文斯的木屋。因为天很冷，"鸟儿"又累了，最后三英里我们下马步行。他第一句话就把我长途跋涉后对丰富食物、舒适居处的渴望打消了。爱德华斯一家在前一天早晨已离此去过冬，不过还没有到朗蒙特；木屋的家具已拆除，存粮不多，艾文斯回来前，有一名年轻人凯文先生,及猎人布肯先生留下来照管牲畜,艾文斯应该随时都会到。留下的两个人我只略微认得。另一个垦荒者和他太太已离开公园,因此二十五英里内没有任何一个女人。狂风刮起,天气更冷,使一切现况感觉更糟。我自己倒不在乎,可以简简单单过活而且不以为苦,只是感到困窘,相信那两名年轻人对我这位不速之客会大感惊讶。不过困难还是要面对,我走进屋,把他们吓了一跳,他们正坐在没有打扫、乱七八糟的客厅的炉边抽烟。不过他们没有表现出一丝不快,反而起来准备食物,还有礼貌地邀吉姆共享。在他离去后,我没有掩饰地坦白说明我金钱上的窘况,告诉他们我必须待到情形好转,希望自己不会造成他们的不便。我可以分担一部分工作,这样他们可以有时间去打猎。于是我们同意大家尽力而为。(对于这个安排,我们原本以为只需维持两三天,结果几乎延长到一个月。没有人能比这两位年轻人表现得更有礼、更得体。整段时光我们都相处愉快,在我离去时,他们告诉我,虽然开始时有点"犹疑",但是后来觉得我们可以如此相处一年。我完全同意。)有许多实际的困难必须面对或克服,客厅里的一间小房间里有一张普通的弹簧床垫,可是上面没东西。补救的方法是做一个袋子,里面装草;还有就是没有床单、毛巾或桌布,这就无法可想了,不过我并不在乎床单与桌布。蜡烛是另一项缺乏的物资,我们只有一盏石蜡油灯。虽然有飓风吹了一整晚,我还是一夜安眠,整个星期天,直到星期一下午,风几乎把木屋给掀了,厨房与客厅之间,我们当作饭厅的小房间的屋顶也给吹坏了。星期天阳光很好，但是风势猛烈得像大台风，我不敢到屋外走动。客厅里积了两英寸高、由屋顶落下来的泥浆。我们平常轮流烧饭，凯文先生会做我吃过最好吃的面包；他们取柴、打水、清洗晚餐的碗盘，我则"整理"我的房间、客厅、洗早餐的碗盘，以及许多琐事。我的房间很容易"整理"，客厅却是永无止尽的工作。今天我已从客厅扫出三满篓的泥浆。除了一条水牛尾巴，我没有掸尘的工具，不时会有风由烟囱中吹下来，把柴灰吹得满屋子都是。不过我找到一个旧披肩，可以用来当桌布，把我们的客厅布置得稍可住人。吉姆昨天来过，他默不作声，只盯着炉火出神。年轻人说他这样的情绪是"大争吵"的先兆。

食物很困难。三十头乳牛只剩一头了，它不能提供我们足够的牛奶；唯一的肉是一些腌肉，又硬又咸，我无法下咽；母鸡一天下不了一颗蛋。昨天早上我做了一些小面包，把最后一个面包做成面包牛油布丁，大家都很喜欢。今天我在车篷里找到一个挂在那边的牛腿，我们对有新鲜肉食都大感兴奋，但是切下去时发现它有霉绿，已不能吃。如果不是朗蒙特旅馆送我的一些茶，我们就没茶可喝了。呼吸清纯的空气，并不停进行体力劳动，使得我除了腌肉外什么都能吃。我们九点吃早餐，两点吃中餐，七点吃晚餐，不过"菜单"始终如一。今天只有我一个人在公园，男人吃过早餐拿了柴和水进来后，全都去猎麋鹿了。天空晴朗，阳光亮眼，否则这孤寂会令人难以忍受。我留了两匹马在畜栏，以便可以出去寻幽访胜，可是除了在外出勤的"鸟儿"外，其他马匹都因为需要蹄铁或脚受伤而不值一用。

第十三封信

第十四封信

埃斯特斯公园

我"必须"试着不去理会每天发生的琐事。我第二次独自在家时，纽金特先生造访，他脸色非常阴沉，邀我一起骑马去看黑峡谷的海狸水坝。他不再吹口哨、唱歌、谈论他漂亮的牡马，或出现敏捷的对答。他的情绪跟雪暴即将来临前的天空同样阴郁。他很沉默，常常踢马，一开始的时候狂奔，然后一扭马腰靠近我说："你是许多年以来，第一个把我像人一样对待的人。"他虽如此说，可是杜义夫妇对他非常关心，把他看作是个讲理、聪明的人，他心情好时，提到他们总是语多感激。"如果你要知道，"他继续道，"一个人可以变得多邪恶，我现在就可以告诉你。"我没有什么选择的余地，我们一起走向峡谷，我听到的是这一生所听见过或阅读过最黑暗的故事。他早年生活很单纯，父亲是一名英国军官，驻扎在蒙特利尔，是一个旧式的好家庭。依他说，他是个难以驾驭的男孩，没有好好受教育，控制爱他但很软弱的母亲。十七岁时,他在教堂遇见一名女孩,据他形容,美若天仙,他无可抑制地爱上了她。他见过她三次,但几乎没说过话。他母亲认为他很幼稚,反对他的行为,他为了"惹她生气",故意去喝酒;十八岁时,因为那女孩的死亡而疯狂,于是离家出走,投入哈德逊海湾公司,在那里停留了几年,结果发现,即使是没有法律的生活他都嫌太拘束,因而离去。然后,我想大约他二十七岁时,进了美国政府,变成平野上有名的印第安侦察员,以最大胆的行为与最血腥的罪行让自己与众不同。这些故事,有的我以前曾听过,可是从来没有人如此血淋淋地讲出来。经过许多年,他变成了西部众所周知的人物,大家都惧怕他随时准备攻击,以及随时会拔出枪套的左轮。他很自负地告诉我,即使在他最阴郁的时候,也是女人崇拜的偶像,甚至在他最困难的时候,对好女人总是表现出侠义行为。他形容自己穿上侦察员制服的模样:腰间系着一条红巾,十六条十八英寸长的金色发卷披在肩上,骑马走过印第安人营地。他说话时是让好看的一面朝着我,看起来更加英挺。在他担任侦察员及移民的武装保镖期间,他显然牵涉了无法律地区的血腥骚乱,然后就每况愈下,一次又一次的酗酒,带来的只是暴力与人格的丧失。他的叙述似乎有些不连贯,我发现他接下来就跳到密苏里开垦地,几年前他就是从这里来到科罗拉多。在这里,他再次略过了一些事情,我猜不是没有原因的,他加入了几个"边界流氓"的集团,一直骚扰到堪萨斯,造成如马雷·迪西涅般的屠杀及暴行。他暴虐的名声比他先到科罗拉多，而他对山的知识与热爱给了他现在的诨名。他有合法定居公地的证书及四十头牛，除此之外，他也是个成功的狩猎者，但内心充满了妒忌与报复。他赚了钱后，会到丹佛以最疯狂的方式挥霍，让自己变成恐怖分子，甚至比"德州杰克"、"疯狂比尔"等亡命徒还过分；钱花光后，又回到山中小屋，满心怨恨与自轻，直到下一次。我当然不能告诉你细节。他花了三小时述说自己的故事，故事中充满了亡命徒生涯的可怕描述，以狂野的口气倾泄出，令人毛骨悚然。雪下了好一阵子，我必须与他分手时，他把我带到一个可避风雪的地方，从这里我便可以自己找路回去。他停下马，说道："现在你看到了一个把自己变成恶魔的人！去！去！去！我信上帝。我让他毫无选择地把我与'恶魔及他的天使'放在一起。我怕死。你激发了我善良的一面，可是太晚了。我已无法改变。如果有人是被某种欲望控制，那就是我。不要跟我提悔改或洗心革面，我已不能回头。你的声音让我想起……"然后语气转为愤怒，"你怎么敢跟我一起骑马？你不再会跟我说话了吧？对吗？"他要我答应对他的一两件事保守秘密，不管是他身前或死后，我答应了，因为我没有选择的余地；但是这些事有时会在我心头浮现，午夜梦回时也会想起。希望我能分担他那天下午的悔恨与激动。一个不能控制自己个性的人，绝不能说出他那样的话，或像他那样倾诉自己的过去。他骄傲狂野的灵魂那时一股脑倾泻而出，里面有自怨自嫌，有两手的血腥，有心中的残杀，不过，即使在他如此暴烈地透露出个性中最黑暗的一面时，也还能保持君子风度,不作非分之想。当他转身走入将在那里露营两个星期的雪脊的风暴中时,我的心为他那悲惨、迷失、自我摧残的生活而融解于怜悯的情绪之中。他是一个能力极强,又非常聪明,有奇特天赋,与其他人有同样机会的人。他大呼"去!去!去!"的感慨声中,比柯珀①诗中所表达的可怕得多。

风雪很大,天然标帜都被遮盖了,我在雪中迷了路。天黑后我回到木屋时,屋内仍是一片空荡,两个猎人回来后发现我不在,立刻出去找我。后来雪停了,但气温极低。我的房间几乎是露天的,木段的缝隙没有填塞,睡觉时头必须躲在毯子底下,不然睫毛及口鼻都会结霜。今天阳光很亮,我去黑峡谷寻找马群,一路风景很美。这里每天都可以看见一些新的美景、白雪或光彩。在科罗拉多,没有地方能与埃斯特斯公园相媲比;而现在天气又好,松林上的山巅白雪覆盖,没有任何你想要见到的壮丽风景不能在这里看到;而且纯净的空气、纯净的水,以及绝对的干燥,对健康大有助益。在这孤寂的冬日,更有一种攫人心神的庄严。即使是我旅居在夏威夷华拉莱山的山坡上时,也没体验过类似的情景。当男人到我不知道的地方打猎时,或是晚上狂风由朗斯峰呼啸而下时,空中充塞刺骨狂飘的白雪,不可能会有人来,而宏伟的山岳横躺在我们与平野之间,越来越高,成为无法攀越的障碍,没有桥梁的河也越来越深,在这些时候,我不禁会怀疑我这辈子是否都要在这里洗刷、

---

① 柯珀(1731—1800),英国诗人,患有不时发作的精神抑郁症,赞美乡间生活和自然风光,诗作风格朴素平易。

清扫、烘烤。今天是辛苦的一天。我们九点半才吃早餐,然后男人都出去了,我一直忙到两点才坐下。我清理了客厅与厨房,在通道间的废物堆中扫出一条路,烘烤了一大盘小面包及四磅甜饼干,清洗了一些锅盆、几件衣服,把每样东西都加以"润色"。在搅奶器的底部还剩一点酸乳,已放了整整六星期,我要用来发酵面包;不过,能做出"可爱"小面包的凯文先生,只将面粉及水放到炉子边自然发酵,结果竟然相当成功。我也大略检查了我的衣服,发现情况很糟。到科罗拉多已将近三个月,我只带了一个小毛毡袋的衣物,里头没有一件是新的;而这些,扣除日常磨损、被牛撕破,以及撕了当抹布条的,只剩下换洗一次的存量了!我只剩唯一的一条手帕,一双袜子也已补得看不见原来的羊毛。由于无法在丹佛换到钱,我几乎已没有鞋子,只剩一双拖鞋及一些防水鞋套。至于外衣,嗯,我有一件黑色丝质长洋装,附带一件丝质黑色篷裙!此外就只剩下那件毛绒已磨光、随时要补缀的绒布旧骑装;因此,有时我不得不"盛装"吃晚饭,好利用傍晚缝补骑装。你也许会笑,真奇怪,居然有人能以热带的服装面对零下的气温与狂风!这是因为这里的空气极度干燥,我才有可能以这样的服装过日子。我们把工作调配得更好,布肯先生身体不够壮,做得太多,负荷不了。你一定奇怪,三个生活在荒野地带的人,怎么会有"太多"的事情要做。我们要用一捆一捆的燕麦喂畜栏里的牛,一天两次把它们带到水边,还有鸡及狗要喂,牛要挤奶,要做面包,大雪暴来临时又必须对所有的牲畜有个照料;然后要劈柴,因为没有积存的柴薪，我们木材的用量又很大，除此之外，要烧饭、清洗、补缀，这些事大家分工，而男人还要出去打猎及钓鱼，以维持生计。另外还有两头病牛要照顾，其中一头昨天病逝时我们都在旁边，它十分痛苦，以哀怜恳求的眼光"空洞地"看着我们。处置它的遗骸是件困难的事：拖篷车的马在丹佛，我们试着用别的马来拖死尸，可是它们只是不断踢甩，我们只好想办法把它弄到畜栏外。据凯文先生推测，会有一堆狼由高处下来，到了天亮，除骨头外大概不会有东西剩下。它们非常靠近木屋，弄出的杂音十分恼人，我朝窗外看了几次，只见它们互相推挤成一堆，爬上爬下。它们比草原上的狼要大很多，不过我相信同样狡猾。今早黑云密布，有雪暴要来，大约有七百头牛及不少马由它们掠食的远处山谷深峡中来到此地，凭本能寻求开阔的空间及人类的保护。今天下午，我一个人在木屋时，我以为仍在雪脊的纽金特先生来访，他苍白而憔悴，而且咳得很厉害。他邀我一起由小径走去观看一道最宏伟的峡谷，我无法拒绝。福尔河的源头整个被海狸改变了，它们建筑的技术美妙极了。在一个地方，它们把溪流筑了水坝，造出一面湖；在另一个地方，它们建了一座岛，还造了几个瀑布。它们的储藏地当然掩蔽得很好，到现在，它们已藏满了过冬的东西。我们看到一大堆河棉及白杨的幼枝，有的枝干有我的手臂那么粗，被这些善于建筑的小东西弄倒，准备拿来当材料。它们总是利用晚上一起工作，用长而利的牙齿啃倒树木，铺建的工作则完全靠它们铲子般的平扁尾巴来完成。它们没有被处理过的皮毛非常耐用，上面有长而黑的像黑貂般的毛,但是出售时,所有的毛都被拔掉了。峡谷壮美极了,啊!远胜过其他,但骑行途中颇令人沮丧,黑暗的过去把他深深埋葬了。对上次的谈话他只字未提。"吉姆"的态度仍是有礼,但很冰冷,我在回程与他分手时,他说他不认为我离开前他会由雪脊回来。我不知道,他是个好演员,前一天悔恨交加的态度,是要让我轻信或害怕;还是他真的对过去自暴自弃的生活,突然没来由地爆发悔恨的情绪?我无法肯定,但我想是后者。当我一路小心谨慎地回来时,夕阳染红了山头,光彩无限,整个公园沐浴在紫色的幽光中。啊!这一切实在太美妙壮丽了,但也如此庄严,如此孤独!我骑的是一匹很大的纯种牡马,它的三个蹄铁松了,一个掉了,摔了两次跤,跨越汤普森河时,十分狼狈,河水一部分已结冰,一部分水很深,可是当我们到达较平坦的草地时,我慢跑了将近两英里,十分享受,骑多了"鸟儿"的小步子后,它的大步调让我感觉既轻松、又舒服。

星期五

这真是凄惨的一天,又暗、又冻,还刮着强烈的东北风。长久缺乏阳光造成令人十分沮丧的效果,所有的景色显得灰黑惨淡。我们丢了三匹马,包括"鸟儿",找不到东西可以把它们引诱出来,也没有能用来追赶它们的动物。我亲自把大牡马放进畜栏里,凯文先生随后也把他的马放进去,然后加上门栓,但是狼群昨晚又开嘉年华会,我们猜马匹是受到惊吓而踢跳,否则不会跳过栏栅而去。两个男人损失了一整天去寻找马匹。他们说回来时看见纽金特先生由汤普森河的另一边回木屋，他看起来"满身的火爆脾气"，因此很高兴他没来我们附近。傍晚笼罩在完全的黑暗中。下午时我逮到一匹马在嗅燕麦，于是骑上它，往朗蒙特的路上与两条猎狗好好跑了一阵。回程时，在雪暴即将来临的幽暗天空下，看到公园里秋阳下山的光彩。所有的生命都静止了；蜻蜓不再于日光中冲上俯下，河棉的最后一片琥珀色叶片也已落下，深红的野藤已完全光秃，溪流因结了碎冰而喑哑，停止了歌唱，几株枯萎的花杆标示出短暂而光彩的夏天。公园从来没有像现在看起来这样封闭过；孤独使人害怕，惨白的山峰清晰地映在黑色的雪云之中，明亮的河已被冰封，松树一片漆黑，而公园里的草地也已完全没有生机，整个世界是绝对的封闭。你怎么能期待我从这么一个"什么动静都没有"的地方写信？更奇怪的是，艾文斯及爱德华斯都没有回来。年轻人已开始嘀咕，因为他们只被要求留在这里五天，而他们已待了五个星期，急于去露营打猎，这是他们的生计。有两头牛快死了，我们不知该怎么办；如果有大雪暴来临，我们绝对无法赶进并饲养八百头牛。

星期六

今天一早开始下雪，不过没有风，我们有了一个像小说般光滑纯白的世界；雪暴看起来不会很严重。我们越来越晚睡，

第十四封信　181

早上越来越晚起。今天到十点才吃早餐。我们已经对腌肉十分憎恶，昨天很高兴发现终于将它吃完，虽然这表示我们将缺乏这季节身体所需的肉食。当走进厨房，意外发现桌上有一碟烟熏鹿肉时，你可以想见我的惊喜。我们吃得像饿死鬼，着着实实享受了一番。就在我来之前，年轻人猎了一只糜鹿，预备要卖到丹佛，它的尸体及分叉的角就挂在车篷外。我常常企图吃一些难以下咽的腌肉，但实在吞不下去。我会望着那令人干着急的动物流口水，但想都不敢想。然而今早，年轻人饿得比我还厉害，去丹佛的机会也越来越渺茫，他们决定切开一边，于是，只要有存货，我们就可以纵情享受鹿肉。我们认为爱德华斯今晚一定会回来，除非他带东西来，否则我们就会面临严重的食物用品匮乏问题。面粉不多了，咖啡只剩一个礼拜的存量，我只剩三盎司的茶；面包发酵粉已将用尽。我们同意为了节省，尽量晚吃早餐，每天以两餐代替三餐。年轻人仍然出去狩猎，我出去找到了"鸟儿"，骑着它又赶进了四匹马，不过雪结得很硬，我走过一条河上的冰桥，又看到了这地方奇特壮丽的新景色。我们的傍晚在愉快的谈天说地中度过。大约八点吃完晚餐后，我们燃上了熊熊的火。年轻人抽烟，我写信给你。然后我们移近火边，我拿出缝补不完的针线活儿，我们聊天并高声念诵。他们两人都很聪明，布肯先生更有丰富的知识与阅人能力。当然，我们会聊聊现在的情况、疏解的可能性、遭雪封锁及食粮存量能拖多久的预测、病牛、"吉姆"的情绪、前阵子发现并追寻了三英里的某人足迹的可能企图等，都是一些百谈不厌的话题。

第十五封信

埃斯特斯公园，星期天

昨晚一名狩猎者经过，带给我们纽金特先生生病的消息；因此，在我们吃完晚早餐并清洗完毕后，我骑马前往他的小木屋，但在深涧那里碰到他下来找我们。他说他在山中受了寒，肺部的旧伤因而重新发作。我们长谈了一阵，但没有涉及前次的话题，他告诉我颓废生活的现状。值得同情的是，一个像他这样的人，在荒野生活，没有家也得不到爱，一个人待在幽暗的小破屋中，除了罪恶的回忆外，没有同伴，只有一条别人认为比他还高贵一些的狗。我劝他戒酒，这是毁灭他目前生活的东西，他的回答反映了悲惨的事实："我不能，它已缚绑了我的手脚——我不能放弃我现在唯一的享受。"他认为"正确"的观念相当诡异。他说他相信上帝，但我不知道他对上帝的戒律知道或相信多少。以左轮枪对付侮辱，亲手报复伤害过你的人，对同伴真诚并一同分食最后一块面包，对好女人表现侠义和慷慨热诚，最后勇敢赴死——这些是他的教条，我相信也是他那类人的想法。他憎恨艾文斯，艾文斯对他也有同感，这是由于吉姆不守法与暴烈的脾气所引起，而且艾文斯也非常妒忌吉姆的态度与交谈居然能吸引来此的陌生人。

回程由深涧下行时，我见到了前所未见的雄伟景观：深涧处在阴影中，下面的公园则阳光普照，旁边倾斜而下的峡谷沐浴在深不可测的蓝色幽光中；其上，珍珠白的山峰，光彩纯洁耀目，直耸入蔚蓝的天空。我将怎么离开这"极遥远的地方"？其实，真正的问题是我怎么"能"离开这里？我们生活在"让我们吃喝有如明天将会死去"的原则下，于是食物存货削减得很快。两餐的计划并不经济，这让我们饿极了，结果反而吃得比吃三餐时还要多。今天我们听了许多圣乐，使它尽可能像星期天。冬日的孤寂造成的"略微险恶"的感觉非常吸引人。冬阳晨曦燃烧的琥珀色是多么光彩，今晚深红的落霞反映在纯白的雪上，又是何等灿烂！这个房间的门朝北方开敞，就在我写信的当儿，北极星明亮闪耀，一轮弯月挂在惨白的朗斯峰顶上。

科罗拉多埃斯特斯公园，十一月

我们已经数不出日子了，只是都同意实际上已接近十一月底。我们的生活渐趋平静，彼此间奇异又团结的合作关系也很愉快。感觉上就像三个男人住在一起，不过他们一直对我保持礼貌，也很顾虑到我。我们的工作像时钟般规律；唯一的困难是，他们不愿意我做他们认为不适合我或太困难的事，比如替马配鞍或取水。日子过得非常快；刚瞧才一点钟，一下子却三点多了。这是无忧无虑的平静生活。与这两个男人一起生活非常自在；他们从不焦躁不安、嘀咕或叹气，也不找任何麻烦。在我们感到羞愧的晚早餐之前，你会很有意思地发现，在这个可怜的小厨房中，凯文先生忙着在炉前煎鹿肉，我在洗晚餐的碗盘，布肯先生擦干它们，或者两个男人都在炉前忙，而我在扫地。食物是我们极感兴趣的东西，现在我们只吃两餐，餐餐都饿得狼吞虎咽。太阳快下山时，每个人都去忙他的"日常工作"——凯文砍柴，布肯挑水，我则洗牛奶桶和喂马喝水。星期六时，两个男人射了一只鹿，今天去取时却只剩后腿，寻着足迹，他们以为会发现兽穴，却不经意地碰上了一只大山狮，等他们由惊吓中回过神来，山狮已跑到他们射程以外的地方。这些山狮其实是美洲山豹的一种，又凶暴，又狡猾。最近有一只跑进了圣佛兰峡谷的羊群中，弄死了三十只羊，从它们的喉管吸干了血。

十一月？

这是忙碌但没有什么大事的一天，我从十点半到一点半都忙到没有坐下来过。我洗了仅有的一套换洗衣服，虽然不烫衣服,但我喜欢把它们漂到像雪一般白。当它们挂在绳子上晾干时,突然,从朗斯峰处吹下来一阵狂风,逼得我瑟缩一旁,站不住脚。等我终于能出去时,我所有的衣服已被吹成一到四英寸宽不等的布条,等于全毁了!在这里,人们学会了不需要太多东西就能舒适快乐。我做了四磅的姜饼,烤了些面包,补了我的骑装,大致清扫一下,写了几封信,希望有一天能付邮,好好散了一会儿步,再次在天黑前的惨淡光线中回到了木屋。我们正忙着准备晚餐时,狗突然狂吠起来,接着我们听到马匹的声响。"艾文斯终于回来了!"我们欢呼道。但是错了。凯文先生出去了一会儿,回来说,一名年轻人带艾文斯的篷车及东西上山来,篷车在离这里七英里外翻下了山涧。凯文先生看起来神色凝重。"又多了一张嘴要喂。"他说。他们没有多问,把那孩子带进来,是个满口俚语、意气风发的二十岁左右的家伙,在神学院念书时身体病弱,被艾文斯送上山来以做工换取食物。他们两人太有礼貌,不好意思问他上山来做什么,我却大胆问他要住在哪里,而答案使我们相当不悦。"我来住在这里。"因此我们必须替他安顿。我们严肃地讨论食物的问题,这显然是个困难的问题。我们让他睡厨房边的壁橱床,分派他工作前,先决定他适合做什么。事实上,我们对他来这里十分惊讶。他显然是个肤浅傲慢的年轻人。

我们决定今天是十一月二十六日;明天是感恩节,虽然今早凯文先生严肃地对我说:"你知道又多了一张嘴要喂。"但我们还是计划一顿大餐。这张"嘴"是上来尝试劳动的万灵丹,可是他是个城里的孩子,我看他什么事都做不来。今天我在忙时,他在写诗,然后大声念给我听,问我的评语。他正值那种对所有文学的事都觉得有魅力的年纪,所有的文人都是英雄,尤其是霍兰博士。昨晚我们很怕木屋会被掀起,屋顶的泥会掉下来。我们发现坐下来时会有细碎的沙砾吹拂过脸庞,今早我还从我房里扫出四满铲的泥。吃过早餐,凯文先生、里门先生及我带了两匹篷车马,迎着巨风赶往七英里外昨天出事的地点。我觉得自己像"佣人"般,偶尔可以出去"寻乐"一天,匆匆忙忙洗完碗,留下乱七八糟没整理的房间。那辆篷车躺在山涧一侧的半山腰,被树挡住,没有毁掉。当他们把它拖起来修理时,天冷得我无法等在一旁,于是慢慢骑回去。路上,我碰到纽金特先生,看起来情绪很坏——濒临"爆发"的边缘——憎恨每个人,不像原来那么慷慨仁慈,取而代之的是自私及斤斤计较别人的付出。人们的确认为他有一颗"最仁慈的心"。最近,另一栋木屋有个孩子病了,虽然邻近就有没事的人和马,可是只有这个"亡命徒"骑了六十英里路,在"最短的时间内"带回一位医生。在我们说话时,他坐在他木屋前的一块石头上补马鞍,毛皮、骨头与残骸散落在他周遭,"铃"带着羡慕与崇拜偶像的神情注视着他,风把他稀疏的鬈发从大得无与伦比的脑袋上吹起——真是个颓废的人。然而,阳光照在"所有好人与坏人身上",把他的金发照得金光闪闪。愿天上的父亲对他被遗弃的孩子施以仁慈!凯文先生很快追上了我,我们赛了两英里的马,就在起风飘雪前回到了家。

感恩节。可怕的事情终于来到了,大雪暴加上东北风。它到午夜才停,风雪已盖满了我的床。然后温度下降至零度(约零下十七点八摄氏度)以下,每样东西都结冻。我在火边融了一罐水,打算用来清洗,但取用前又冻住了。我的头发因昨夜的雪冻成一条条的发冻,现在因雪融化而全湿了。牛奶与糖浆硬得像石头,鸡蛋必须存放在火炉边最凉的地方,蛋液才不至于冻成固体。两头小牛在畜栏中冻死了。我们的地上有一半埋在深雪中,却因太冷而不敢开门把积雪扫出去。今早八点,雪又开始降下,又细又硬,由缝隙中吹进来,落在我正在写的信上。凯文先生把我的墨水瓶放到火边,每次我要蘸的时候才递过来。我们燃烧了一大炉火,但是无法把温度升到二十度(约零下四点五摄氏度)以上。虽然说,从我回来后,湖水就结了冰,硬得可以放篷车,可是今天即使持续用斧头敲击,也无法打出一个洞。雪把我们封在室内,唯一焦虑的是日用品的存货。我们的茶及咖啡只够用到明天,糖刚刚用完,面粉也差不多了。"又多了一张嘴要喂"实在是件严重的事,新来的人是个饿死鬼,吃得比我们三个人还要多。看他贪婪的眼睛打量着早餐的食物,一条面包很快就不见了,弄得我很不高兴。他今早告诉我,他可以吃下桌上所有的食物。他对食物简直疯狂,我可以看出凯文先生忍着饿让出他的份,布肯先生身体糟得很,很怕只能"分配到一半的东西"。所有这些事虽然听起来很好笑,一旦必须面对饥饿,可就一点也不好笑了!现在傍晚时分,笼罩所有东西的雪云渐消,现出一片美丽的冬景。温度是零下五度(约零下二十点五摄氏度），晨光灿烂极了。在我漏风的房间，温度只有零下一度（约零下十八点三摄氏度）。由于太干，布肯先生几乎无法喘气。我们花了一个下午做感恩节大餐。我做了很好吃的布丁，是用省了几天的鸡蛋与乳酪，并用无子樱桃干代替葡萄干。我还做了一碗奶浆，他们说"美味无比"。还有布丁卷加蜜糖。我们也吃了鹿肉排及马铃薯，至于茶，就只好用早上的茶叶再冲泡。我想，没有太多美国人像我们这样享受感恩节大餐。我们力邀纽金特先生加入，但他粗暴地拒绝了，很令人遗憾。我昨天做的四磅饼全吃光了！这个讨厌的年轻人承认，他晚上饿得爬起床，把饼吃了将近一半。他还试着用甜言蜜语哄我再多做一些。

十一月二十九日

在这孩子来之前，我把细辣椒末当成姜做了一个蛋糕。昨晚我把一半放在厨房里忘了关门，半夜我听见厨房有动静，然后是呛住的声音，跟着一阵咳嗽、咒骂；早餐时，这孩子无法像平常那样狼吞虎咽。吃过饭后，他悄悄来问我有没有可以使他喉咙舒服的东西，他坦承看到了"姜汁面包"，晚上"饿得不得了"，于是起来把它吃了。我试着要他了解，吃这么多而不做事是"很不好"的事，他说他愿意帮我做一切事，可是那两个男人"看不起他"。其实我还没有看到过对孩子那么有耐心的男人。他是我们最讨厌的额外一员，但又忍不住要笑他。他一点都不诚实。我不敢将这封信留在桌上，怕他会偷看。他为两份西方期刊写稿（至少他这么说），他给我们看了他发表的长诗作品。其中一首诗有二十行一字不差地抄袭自《失乐园》[1]（凯文先生指给我看的）；另一首有两节是从《顺从》[2]中抄来，只把"迷失"改成"死亡"；他还把波纳[3]的《会面地点》完全说成是自己的创作；还有一回，他把一篇他写的《小说家的职责》借我看，那只是没有指名出处的摘言堆砌。两个男人告诉我，他向他们"吹牛"，说他在来此的路上，曾在纽金特先生的木屋借住，发现他藏钥匙的地方，打开了他的盒子，看了他的信和文件。他既自私又丝毫不顾念他人，真是惹人讨厌。他来的第一天，我在洗早餐的碗盘时，他说他愿意做所有的脏活，于是我把刀叉留在水盆里，要他擦干放好。两小时后我发现他动都没动。还有，两个男人出去打猎，他说他会劈几天用的柴，却只劈了几下，削下了一点皮，就进来胡乱弹了一会儿小风琴，让我没薪柴生火烧饭。他吹嘘他掷绳圈的本领，但连一匹最安静的马都抓不到。最糟的是他分辨不出牛的区别。两天前，他赶牛去挤奶时，把乳牛弄丢了，凯文先生浪费了宝贵的时间找了又找，可是没找着。今天他很高兴地告诉我们他找到了，于是他被派去挤奶。两小时后，他耷着脸回来，牛奶桶里只有几滴

---

[1] 英国诗人弥尔顿（1608—1674）的长诗。他对十八世纪的诗人产生了重大的影响，后因劳累过度而双眼失明，作品有短诗、散文、长诗和诗剧。
[2] 德国诗人席勒（1759—1805）的作品。
[3] 波纳（1808—1889），英国长老会派教宗，他的诗作、赞美诗和宗教作品在十九世纪时广为流传。

白色乳液，他说这是他仅能挤出的。凯文先生出去看了回来说，我们"有斑点"的牛变成了灰棕色，那头牛从去年春天就没有奶了！我们的牛跑进了野牛群。我们阴冷地看着里门，因为他说他将以牛奶为生。我叫他把四加仑的水桶装满，一个钟头后发现水桶在火炉上烧得通红。除非把东西藏在我房间，否则任何东西都藏不住。他吃光了架子上的两磅樱桃干，我第二个姜汁面包还没有放凉前就去了一半，他还在晚上爬起来舔干净了我的奶酪汁，甚至私下吞食了晚餐的布丁。这些他全都承认，说："我想你们会替我想办法。"凯文先生说，今早他第一句话是问："博德小姐今天会做美味的布丁吗？"这些都无关紧要，但身为一个神学院的学生，以抄袭来取得荣誉实在令人厌恶。

这样的生活像是在船上——没有信件，除了自己小得不能再小的世界外，一无所悉。我们真诚以对，尊重并信任彼此。譬如，我有事离开房间，把打开的笔记本留在桌上，知道那两个男人不会看。他们言行小心、沉默、观察力强，对许多事博闻，但是他们这类人在家乡是找不到的。这个区域的所有女人都工作，因此我做事没有什么大不了，也不会有人说"噢，你别做这个"或"噢，让我来做那个"。

十一月三十日

昨晚我们一直到十一点才睡，总以为爱德华斯会在感恩节的第二天由丹佛启程归来，而在昨晚抵达。今早我们决定必须采取行动了。茶、咖啡及糖都已用完，鹿肉已变酸，而男人们只剩下一个月能打猎过冬。我在取到钱之前无法离开这个区域，可是我可以到朗蒙特取信，探听经济恐慌是否减轻。昨天一整天我都独自在家，骑马去了朗斯峰的山脚，做了两个布丁卷就无事可做了。不过他们满载鳟鱼而归，我们饱食一餐。家乡嗜美食的人会羡慕我们。凯文先生把炉上的煎锅盛满了滚油，足以盖满鱼身，我们把鱼在粗玉米粉中滚一圈，放到滚油中，翻一次面，拿出来，炸得很透，嗞嗞作响，柠檬黄的颜色。总算这一次年轻的里门满足了，因为盘子一空就加满。他们钓了四十磅的鱼，用冰包装起来，直到可以拿到丹佛卖。冬钓利润很高。在最冷的日子里，人们不会为嗜好钓鱼，而是为了赚钱。他们会带着斧头及毯子到公园五十处冻得坚硬的水面，选择一个好地点，稍避风寒；然后在冰上打一个洞，以河棉树作桩绑好，把鱼钩装上蛆或容易钓的鱼肉饵。常常，饵一装上，鱼就上钩，若借着阳光由洞中望下去，你可以看见一大群鱼的踪迹，亮眼、银鳍、红斑；这些红斑的东西在阳光下一动不动地躺在蓝色的冰上，看起来真美。有时候两个男人冬钓一天的收获会带回来六十磅鳟鱼。这是寂静寒冷的户外运动。家乡的厨师会多么瞧不起我们不完善的工具，但我们做出了豪华的菜肴。我们只有一口炉子，需要不断煨以木柴，一把水壶，一只煎锅，一个六加仑的铜锅，以及一个用来当擀面杖的瓶子。天气非常冷，可是即使我衣服不足，也没有受冻。我把一块石头烤得发烫，然后带到床上，拉起毯子盖住头，睡上八小时，常常被雪盖满全身。就有那么一天,白雪茫茫,天昏暗得让人很感沮丧。昨天早上五点吹起狂风,整个公园风卷雪堆,像是阵阵柴烟。我的床及房间全变成了白色,空气冷得不得了,一壶由火上拿下来的热水,倒进盆子时就冻住了。然后雪停了,强风把大部分雪都吹出了公园,由山顶吹起,使朗斯峰看起来像火山口。今天天空又恢复到令人愉悦的蓝,公园有说不出的美丽。我把所有的窗都擦干净了,从我一来此,玻璃就脏兮兮的,看起来像是毛玻璃;男人们冬钓回来时,看到了一个愉快的新世界。星期天,我们听了很多圣乐,还唱起了歌。布肯先生问我知不知道一首叫《亚美利加》的歌的调子,于是我们开始唱这首国歌:

　　我的国家,你的国家,
　　自由甜美的家园。

十二月一日

　　我今天本来要出发去峡谷,但白雪茫茫,打在手上像针般刺痛。我们都起了个早,可是直到晌午,天气都没有转好。下午里门与我一起骑马去纽金特先生的木屋。我要他看我给你的信,并更正我们攀登朗斯峰那段的叙述,他说不能,但坚持我们进屋。年轻的里门比我还急切地要进去,因为凯文先生说他今早看到"吉姆",而且一反平日寡言的常态说:"那人很不对劲,他不是会把自己射死,就是会杀了别人。"然而他的"恶劣脾气"似乎过去了，他愉悦又有礼，我们在那儿待了一整个下午。里门的念头是可以很有收获地和他面谈，这样他可以为西方期刊写一篇有关这个著名亡命徒的文章。小屋里很吓人，然而在黑暗而隐蔽的环境中，他的风度与真诚的谈话才能明显地表现出来。我大声念出我的信——或该说是"攀登朗斯峰"，那是我为杂志《西部行》所写的——我对他对文章形式的明智批评与品位相当感兴趣。他本性如赤子；当我念到形容日出的光彩时，他眼睛变亮了，整个脸庞泛出光亮，泪水随之滚下了面颊。然后他念了一篇他写的有关唯心主义的中肯文章。小屋中烟雾很浓，又暗，干草、旧毯子、皮毛、兽骨、铁罐、木块、细颈瓶、杂志、旧书、破鹿皮鞋、蹄铁以及乱七八糟的东西，满地都是。除了一段木头外，他没法给我更好的座位，但是他不特别在意的优雅风度，让人觉得木头不过是比安乐椅稍差一点而已。两把价值不菲的长枪，以及一管左轮挂在墙上，还有探察员的肩章及胸徽。"吉姆"站着和我说话时，我忍不住直盯着他瞧。他有时候喝了酒就会发酒疯，很吓人地乱骂，无法控制自己的脾气。他以前是个亡命徒，即使现在，有时也无疑是个坏家伙。在科罗拉多，几乎没有一个家庭的炉边谈话不讲到他与印第安人争斗的可怕故事；母亲会吓不乖的小孩，"山中的吉姆"会来把他抓去。无疑地，他恶名昭彰，但也无疑地，他对这种别人所没有的名声或恶迹感到自我陶醉。他提议在我离去时做我回平野的向导。里门问我会不会怕被他谋杀，但我相信就像别人常说的，没有比跟他在一起更安全的了。天冷得真可怕。早上在穿上还没有全干的衣服时着了凉,这烟雾弥漫的温暖小屋实在让人觉得很舒服;但黄昏回去时,路上很可怕,一阵强风几乎把我们吹下马,漫天雪花也使我们两眼茫茫,温度也降到了零度以下。我觉得我得了重感冒,几乎要不支倒下,但是他们建议用狩猎者的治法——一罐热水加一小撮辣椒粉——这证明是个有效的快速法子。他们很好心地说,如果雪把我困在这里,他们也会留下陪我。他们说当初我来时,可把他们吓坏了,因为他们以为我从来没有做过事,会无法使我感觉舒适,结果我们互相赞许了一番。明天,如果天气许可,我将出发骑一百英里路,我的下一封信将是我最后一封由落基山脉寄出的信。

第十六封信

科罗拉多下峡谷修斯医生家，十二月四日

再一次，我又回到了优雅、有教养的社会，与说同样语言的人在一起，还有甜美可爱的孩子，他们迷人的笑容使这间木屋变成一个真正的英国家庭。"英国，包括它所有的缺点，我仍然爱它！"我真可以说：

不论我流浪何方，不论我看过多少地方，
我的心，永不移地向着你。

如果与桑威奇群岛相比较，现在可以算是在北极！除去对外国人的偏见与习俗外，旅行的另一个好处是增加了对自己家乡的热爱，更重要的是，那种英国家庭生活的安宁与单纯。在有可爱的童言童语在身边响起时，在这家庭特别的关爱气氛下（有人称之为温室环境），这种感觉更加强烈。可是经历了荒山环绕、粗陋困苦的生活,如果神圣的人性之爱能培养出天堂之花,即使是温室环境,谁又能抱怨呢?

气温是零下十一度(约零下二十四摄氏度),我必须把墨水瓶放在炉子上使它不至于冻住。冷到极致——一种清澈明亮、使人振奋的冷,而且十分干燥,就算我穿着磨光毛的绒布骑装,也不觉得太冷。我现在必须叙述一些别人也许觉得没什么,却与我有关的事。星期二,我们全在天亮前就起身梳洗,七点吃早餐。我已有好长一段时间没有见到日出,它琥珀色的光彩逐渐转成艳红,覆雪的山巅一座接一座燃烧起来,像是新的奇迹。现在刮的是西风,因此我们大家都认为没问题。我只带了两磅行李,一些葡萄干、邮包,并多带一条毯子垫在马鞍下。我以前从没有在日出前到过公园,那真是光彩万千,麦金深谷一片深紫色,从这九千英尺的高处,你可以看见一千五百英尺下阳光普照的公园,沐浴在一片红雾之中,珍珠色的针状山巅直耸而上,山边围绕着深色松树——我光彩、孤寂、奇特的山居之家!紫色的太阳在我面前升起。如果我知道是什么东西使它变成紫色,就不会再往前走半步。然后,我猜是晨雾的玫瑰红云朵渐渐散去,露出远处如药剂师窗台上药水瓶般紫色的太阳;在让自然之王露了一下脸之后,浓雾又落下,强风穿梭,雾开始冻结成冰。很快地,"鸟儿"与我就身在一片尖细的结晶水之中;那其实是东方来的雾。我已看不见一码外的东西,我放马慢跑,希望能穿过这片迷雾。可是雾越来越浓,我不得不减缓成慢步。我继续前行,大约在离木屋四英里的地方,一个像巨大幽灵、长发如雪般洁白的人影出现在我面前，就在同时，耳边响起了枪声，我认出是"山中的吉姆"。他从头到脚都冻成了白色，全白的长发使他看起来有一百岁。这整件事真是"糟透了"，我虽然有理由不悦，但对一个亡命徒的狞笑，我只有接受。他脾气火爆地大骂，把我拉下马来——因为我的手脚都冻得麻木了——他取走缰辔，快速大步离去。四周一片黑暗，我必须跑步才能追踪到他们的身影，因为我们已进了浓密如珊瑚岔枝的灌木林，我完全不知自己身在何处。突然，我们到了他的木屋，亲爱的老"铃"也一样全身雪白。这"无赖汉"坚持让我进屋去，他一边发脾气，一边燃起熊熊的火，热了一些咖啡。他说，除了危险，一切都不适合我再往前行；他所说的后来都成为事实，不过我现在很安全地在这里！然而，你的信比什么都重要，我决定继续行程。他说："我见过不少蠢人，可是没见过像你那么愚蠢的人——你一点判断力都没有。哼，我，一个老山中人，今天都不愿意下到平野去。"我告诉他，其实我知道他很想去，可是他不能，因为他把马给放了。他大笑，我告诉他年轻里门的事时，他笑得更厉害。因此我怀疑，有多少他最近的坏情绪是我们揣测出来的。

他把我带回小径；以枪弹为见面礼的会面，结果却颇为愉悦。这是趟难以忘怀的古怪旅程，但并没有碰到危险。我认不出沿途的任何地方。每一棵树都成了银色，香杉的针叶像是白菊花。深涧中积雪盈尺，硬滑的地面上有无以计数的鸟兽足迹。所有的溪流都冻成了冰，我根本分辨不出是什么时候渡的河。深谷像深不可测的隧道，云雾在其间翻滚，锯齿状的山尖在涡漩的云雾间偶现，转瞬间又消失。每一样东西感觉上都巨大无比，而且变幻莫测。然后一个像是多雷①所画的幻影素描中的巨大怪物，带着一阵大风向我飞来，暂时冲开了云雾。它由我头顶上呼啸而过，我第一次看到大山鹰爪上抓着一只大兽飞翔。那是一幅壮观的景象。然后是变了形的深涧——寂静、恐怖——有许多冰桥，而后是毛毛冰雨，之后东风转成了东北风。"鸟儿"全身盖满了奇特的碎冰，它颈部的长鬃毛已成全白。我看出我必须放弃走新路翻山，还是得由老路到圣佛兰峡谷，虽然这条路我并没有走过，但我知道那比另一条容易辨认。雾越来越浓厚，天越来越冷，风更大，雪更厚；可是载着我走了六百英里的"鸟儿"的四个精明的蹄，从没有畏缩或走错一步，或让我有理由后悔继续前行，它在重重困难中证明了它的价值。我以不错的速度下行到圣佛兰峡谷，在距朗蒙特十三英里的一间屋前稍歇息，弄到了一些燕麦。我从头到脚一身白，衣服都冻硬了。屋中的妇人像平常一样对我说，"把你的脚放到火炉边"，于是我的衣服解冻后又烘干，也吃了一盆美味的乳酪加面包。他们说平野上更糟，因为雪暴是从东边来的。可是我已习惯了骑行，于是两点半我们再次出发，继续前进。不久后，我终于碰到爱德华斯上山去埃斯特斯公园，而那之后不久，我碰上了大雪暴——或者应该说我进入了已经开始好几小时的雪

---

① 多雷（1833—1883），法国插画家，擅长木版画，笔法精细，富有想象力。

暴之中。那时我到达了草原，离朗蒙特只有八英里，我继续挺进，路上恐怖极了。由于雪太密，光线幽暗，夹着细碎冰的强烈东风扑面而来，把我的脸刺刮得出血。视线只达很短的距离；积雪常在两英尺以上，只有偶然，透过茫茫的飞雪，我看到连枯萎的向日葵都探不出头来的积雪，才知道我走在正确的路上。不过我仍在荒野中迷失了，最后凭着马儿敏锐的辨识力，继续前行。我们摔倒了一次，它把我们带到一面结了冰的湖上，我们摔进水中，距岸有一百码，花了好一番工夫才回到岸上。天气越来越坏。我必须把脸包起来，但刺人的碎冰一直打在我眼睛上——脸上唯一暴露的地方——使我流泪，有一次冻住了我的睫毛。你想象不出当时的情景，我必须脱下一只手套，用手把眼睛打开，至于另一只，由于已经冻得太严重了，只好任凭它冻着，用两层包脸的绒布盖住加以保护。我用冻麻的手指不断把碎冰拨开，才能使一只眼睛保持睁开，这么做使我的手背长了冻疮。当时实在可怕透了。我常想："如果我是朝南，而不是向东走，怎么办？如果鸟儿不能走了，怎么办？如果天黑了，怎么办？"我已有足够的山旅经验，可以推开这些恐惧，保持斗志，但是我也知道有多少人被类似的雪暴埋藏在草原上。我算了一下，如果我在半小时内到达不了朗蒙特，天就要黑了，我便会因为冻僵而摔下马来。在我怀疑是否还能撑下去后不到一刻钟，出乎意料地，就在眼前雪雾中，出现了朗蒙特散落的屋群及温暖的灯光，还有受人欢迎的宽阔、荒凉、寂静的道路！当我到达旅馆前，已僵得无法下马，旅店的好心主人把我抱下马，再抱进屋子。因为没有想到会有客人，除了酒吧间，他们没有生火，于是他们把我弄到他们自己房间的炉前，给了我一杯热水以及一大堆毛毯，半小时后，我恢复过来，准备大吃一顿。就在我到达旅馆前，主人曾对他的妻子说："如果今晚草原上有旅者，愿上帝保佑他！"

我发现艾文斯在那里，受阻于风雪而无法前行，由于他的努力，我钱的问题也解决了。在这种气候里，得到一夜安眠后，我又准备好可以一早出发，但是由于昨天的经验，我一直等到十二点，确定天气没问题才启程。空气非常清澈，水银柱在"零下十七度"（约零下二十七摄氏度）！晶莹的雪在脚下咂咂作响。景色光洁美丽！在这样的空气中，如果你在户外只待一会儿，那么即使不戴帽子或多穿衣服，也不会觉得冷。不过，我还是为自己买了一件羊毛上衣、几双厚袜子，为"鸟儿"买了结实的雪鞋，套在后脚。在那儿，我与一些英国朋友愉快地聊天，为公园的几位男士办了些事，然后闲逛了一下，等货运列车先开路。不过后来由于你的好消息的鼓舞，我还是自己一个人上路，最后一次离开朗蒙特。我想到初抵此地那天，与修斯医生及太太聚首的恼人酷热的天气，还有那光彩灿烂的大门，以及我们共度的"好时光"。现在我觉得在此跟在家没两样；这里和圣佛兰峡谷的每个人都友善地唤着我的名字；叫人受不了的报纸，把我及我的山旅骑行宣扬得众人皆知，草原上碰到的旅者都客气地与我打招呼，显然是要看看我是什么样的怪物！除了发狂的枪弹见面礼，我所碰到的人不论是态度或言词全都彬彬有礼。这是一个美丽的冰雪世界，雪如此洁白，天如此明亮蔚蓝！雪深而平坦，几英里路后，我离开了小径，朝暴雨峰方向前进，在无路的草原上走了十六英里，没有看到任何人、鸟或兽——即使在明亮的阳光下，那孤独的感觉也很可怕。天气冷得怕人。我徒手修马镫使昨天的冻疮更严重了；当太阳以说不出的美丽姿态落入山后，艳丽的色彩占满天际时，我下马来走最后四英里，在彩色的幽光中前行，没有人看见我。

我前面提过的这里的生活并没有好转，不过有改变的希望，天气使生活更加艰苦。火炉必须放在客厅，孩子们不能出去，他们虽然乖巧活泼，但一天到晚与四个大人共处一室，也是挺难过的。一位健康有问题的女士，每一餐前都要把鸡蛋、牛油、牛奶、腌肉及腌黄瓜解冻，那种麻烦实非你能想象。除非留在炉子上，否则任何东西放在房里任何地方都会结冻。在这山麓地区，没有什么令人感兴趣的东西。我渴望急劲的风，重叠的山头，大松林，夜间野兽的吼叫，诗意般的自由，以及无与伦比的快乐山旅生活。我很难想象这屋外冰封的河流，竟然与埃斯特斯公园里的急流，或我在朗斯峰上看见的以雪水起源的冰河，是同一条河。

埃斯特斯公园，十二月七日

昨天，温度计上看不见水银柱，所以至少是零下二十度

（约零下二十九摄氏度）。我一夜冷得睡不着，不过这奇妙的气候使得我早晨五点半起身时，仍然感觉精神奕奕。我因准备一早动身，把整个屋子的人都吵醒了。我们早餐吃水牛肉，我在八点离开，预计在天黑前走完四十五英里路，修斯医生及一位在那里过夜的人将与我一起走前面的十五英里。我很喜欢那段旅程，与其他人比快，在说不出有多舒适的阳光中呼吸清纯的空气，松软的雪被马蹄抛起有如烟尘！我一下子就全身温暖。我们在一个狩猎者的牧场稍停用餐，老猎人认为埃斯特斯公园冬天进不去，这使我觉得很好笑。这条新路的距离比别人告诉我的要远，他说我无法在晚上十一点前到达，如果雪厚，可能根本到不了。我希望两位男士与我一起走到鬼门关隘口，可是他们的马太累了，不能再走；当老猎人听到这事，颇为愤愤不平，大叫道："什么！那女人一个人进山？她会迷路，冻死在路上！"不过我告诉他，星期二我就是一个人在暴风雪中独行，而且已在山中旅行了六百英里路。他把我当成是山民一般地尊敬，还给了我一些火柴说："你会要宿营的，最好燃上一大堆火，免得冻死。"想到我只身在森林中的火边过夜，让我觉得很可笑。

我们直到一点才动身，两位男士与我一起走了两英里。在那条路上，必须穿过宽阔的小汤普森河十八次，他们必须把木柴拖过河，于是河上的冰被打碎又结冻起来好几次，造成有的地方厚，有的地方薄——事实上，有的地方我也觉得很糟，冰裂了，我们落入水中，马儿好不容易才爬起来。男士中的一位，虽然很有成就，但并不善骑，不敢在冰上策马，有一两次一脸焦急地爬上岸来，那样子很可笑。与他们分手后，我又渡河八次，而后再骑了六英里，回到旧路上；虽然有的地方积雪高及马鞍，而且也没有人先走过，"鸟儿"仍表现得很有劲，我不但没有露宿，也没弄到午夜才抵达，反而在天黑后一小时，就到了距埃斯特斯公园四英里的纽金特先生的木屋。天冷得不得了，"鸟儿"也累得寸步难行，事实上，最后三英里我是下马步行的。我由木屋的缝隙中看到灯光，不过听到急切的谈话声，我正想退去，"铃"就开始吠了起来。在它的主人打开门后，我发现那独居的人是在跟他的狗说话。他正不时张望着等我，还准备了一些咖啡，并生了一炉让人喜爱的大火；我也很高兴听到一些公园最近的消息。他说艾文斯告诉他，他们都无法伴我去平野，如果他能去，那他们就放心了。就如苏格兰的谚语，"与其唯唯诺诺，不如抽身不管"，如果我不能生活在那里（因为你不会喜欢那里的生活与气候），越早离开越好。

单独一个人骑马到艾文斯那里，感觉很古怪。天很黑，四周的声音也不可辨。年轻的里门冲出来接过我的马，里面的灯光与温暖让人开心，但可以看出新"政权"有点局促不自然。艾文斯虽然陷于困境，仍然热诚大方；但是接管的爱德华斯即使不算吝啬，也十分节俭，认为我们太不经心、浪费物资，对牛奶等的限制显然令人痛苦。一个以前当过哨兵的年轻人与艾文斯一起上来，他乐天的性格使他期望很高，现在无疑陷于失望的境地。昨天下午，一个我以为是陌生人的绅士来此，相当英俊，衣着整齐，领上挂着十六卷金发，不到四十岁；他走进来，我再看了一眼后，才认出我们的访客就是可畏的"亡命徒"。艾文斯有礼地留他与我们一起进餐，并与这个博学而且见识过不少地方的陌生人展开智巧奇特的谈话；这位陌生人虽然像个野人般过活，用餐的态度和方式却相当文雅。我注意到，当他在那里时，艾文斯一直有点拘束不自在，另一个人则友善得有点僵硬，我怕他们彼此心中都潜伏着憎恨。吃完饭后，我在厨房做布丁卷，年轻的里门像平常一样把剩菜吃光光，"吉姆"在唱摩尔的歌，其他人都在客厅，凯文先生与布肯先生由"溪边"上来与我道别。他们说，现在这里已大不像以前的家了，我们一起回忆那三周共度的"美好时光"。里门丢失了乳牛，因此我们没有牛奶。没有人做面包；他们把鹿肉做成小肉干片，准备餐点像是件苦差事，不再像以前那样乐在其中。喝过茶后，艾文斯告诉我他所有的麻烦与忧虑。他是个仁慈、慷慨、热心、没有疑心的人，我相信他是自己最大的敌人；不过我很难过地感觉到，一个像他那样没有强烈原则的人，未来必定极端没有保障。

第十七封信

怀俄明夏延，十二月十二日

最后一晚终于来到。当我看到月光中闪耀的白雪山峰时，真不愿意这一天到来。在明年五月以前，公园中不会看到任何女人。年轻的里门以"夸张的语气"道出女人存在所造成的影响，其中多少有点真实的成分，他说，自从我回来后，"粗俗、低级、卑下"的言语不见了，它们是如何"自动停止"，凯文先生及布肯先生也曾说，他们是如何喜欢一直像有女士在场时那样安静有礼。"到五月，"他说，"我们的态度至少会比粗暴好一点。"在过去的两年里，不论是在海上或陆地上，我都看过一些粗俗的男人，越觉得安静、文雅、自重的女子的"任务"是多么重要，就越觉得那些自说自话、嘈杂断言、男性化又固执而放弃女性任务的女子是多么错误。在这荒野的西部，女性的影响力仅次于宗教，只有在女性很不幸不存在的情况下，宗教才能不断发挥它有限的力量。最后的一个早晨来到了。我清理好我的房间，坐在窗边欣赏冬日初阳金红色的灿烂光彩，以及一个接一个亮起的山头。我曾说过，这景色并不可爱，但我却不忍离去。

十一点，我骑着"鸟儿"离去，艾文斯陪我到纽金特先生那里。他不断告诉我一大堆事，以至于当我走到山坡顶时，忘了回头再看一眼我那巨大、美丽、孤寂、沐浴在阳光中的居所，不过也没有必要，因为我已将它放在我的记忆中带走。如果不是纽金特先生自愿提供服务伴我一程，我是无法离去的。他对女性的侠义众所周知，艾文斯说我不可能找到比他更安全、更好的人来一路照顾我。他又说："他的心比谁都善良。他是他自己最大的敌人，不过过去四年他生活得颇为平静。"在他小屋的门前，我与伴我旅行超过七百英里的忠实伙伴"鸟儿"分手，也与待我始终仁慈的艾文斯道别，他甚至在那时还清了欠我的每一块钱。愿上帝保佑他及他的一切！他在我离去之前必须先回去，当他把我交给纽金特先生照顾时，两个人还友善地握了握手①。

一卷厚海狸皮放在木屋的地上，这位狩猎人拿出一张最好的鼠色幼海狸皮送给我。我租用他美丽的阿拉伯种牡马，它富

---

① 几个月后，"山中的吉姆"死于艾文斯之手，他在门口把骑马经过木屋的吉姆射死。这事的前几星期所发生的事十分黑暗、悲惨、恶劣。在我得到的信中，对当时的情形及事发的近因有五种不同的说法，我最好什么都不提。这起悲剧实在太痛苦而让人不忍多说。事发后，"吉姆"将有足够的时间说出他的一面，让上帝加以评断，可是在案子到达人类的裁决所之前，他已昏迷死去。——原注

第十七封信　　207

有弹性的大长步子，在我骑过迈短小步伐的"鸟儿"后，实在觉得很舒服。我们一路都很顺利，我很少需要下马步行。我们完全不经过小径，而是直接穿过森林及山麓的开口，直达白雪覆盖的广阔平野；地面经过反复的融化与结冻后，变得光滑如水般反映着蔚蓝的天空，造成视野上的幻觉。我必须随时回到现实，才能使自己相信看到的不是海洋。"吉姆"不停朗诵诗词，一路上尽说些有趣的话题，使路途感觉近了很多，天色暗沉下来时，我还颇感意外。他告诉我他从没有不祷告就入睡——主要祷告上帝给他一个安乐的死亡。他曾答应我路上不会出现急躁的情绪或咒骂，但并不包括"焦虑啰唆"。太阳刚落下时，我们到达一个陡坡，坡底是急而深的圣佛兰河，他开始没来由地对我、马和渡河的事"焦虑啰唆"，似乎认为我会过不去，因为冰曾被斧头敲开，但看不出是否又冻了起来。我本来必须在峡谷里一个喋喋不休的妇人的屋子里过夜，但是，我之前提过的拥有一个干净舒适的屋子和宜人习惯的年轻人米勒说，他的屋子"现在已装修好，可以让女子留宿"，于是我们留在那里，我让自己尽可能"得到舒适"。他的房子真可以作为模范，用过的东西马上清理干净，因此没有东西是脏的，炉子及炊具亮得有如磨光的银器。听两个男人像两个女人那样讨论如何用不同的方法制作面包、饼干，甚至写下食谱，实在是件很有趣的事。独居的男人居然能把屋子弄得如此干净舒适，实在罪过！他们暖了一块石头给我暖脚，放足够的木块到火炉中，好让它能燃烧一夜，因为温度是零下十一度（约零下二十三摄氏度）。星星清冷明亮，清楚的拱状大熊星座发出引人遐思的亮光，照亮了整个北方的天空。然而我身处山麓，灿烂的朗斯峰因此不可见了。饭后十分钟之内，米勒就把所有的"锅盘"收拾得干干净净，然后整个晚上他就可以抽烟并恣意享受——一个手脚缓慢的女人可能要到十点钟才能把一切弄妥。除了"铃"之外，还有一条大狗急着要引人注意，另外还有两只大猫，整个晚上都没有离开主人的脚和膝盖。天气虽然很冷，但屋子的缝隙都填满了，因此屋内很温暖。我甚至怀念久已习惯的墙隙中吹进来的阵阵冷风！这是我在能被称为山区的地方的最后一夜。

第二天一早，当太阳升起，我们就出发踏上三十英里的旅程，那几乎是以步行速度完成的，因为其中一匹马被我的行李所累。我不愿意想到这是我最后一趟骑旅，也不愿意去想这是我与山中人的最后联系，我学会了信任或甚至有些崇敬这些山中人。再也不会有机会在松节劈啪作响的火边听猎人的故事；再也没有有关印第安人或大熊令人毛骨悚然的探险传奇；我再也听不到单独生活在大自然中的人们谈论大自然或她创造的奇景。平地的忧郁已经开始侵袭我了。圣佛兰峡谷光彩万千，但我们费了九牛二虎才渡过那条明亮的河。此河，除了中央有令人头痛的两英尺宽的间隙之外，全结了冰。纽金特先生必须把吓坏了的马赶过河，我则由较下游的地方踩着木段渡过，在对岸接应吓得发抖的马上岸。然后我们就踏上了冰雪晶亮的广大平野。突然袭起的强风使空气冷得无法忍受，我不得不躲到一间屋子里取暖。这是今晚到达目的地前所看到的最后一间屋子。我从没看过如此美丽的山岳——包含了层次透明的蓝,直到壮丽的朗斯峰,傲然耸立,还有戴着无瑕的白雪顶冠的暴雨峰,高高映在天空。山峰闪着生动的光;峡谷落在深处的紫影中;一百英里外,派克峰突起一堆蓝幕。总之,那一个光彩富丽的下午,山岳都罩上了一层生动的蓝色面纱,却丝毫不减光彩,使它看起来像是"在极遥远的地方"的梦幻之山。直到日落时分,它又清晰地沐浴在紫与乳白的光影中,而整个地平线,有好大一段,都映满了夕阳的深玫瑰红与鲜橘色。当我们在日光下穿过孤寂的草原,一切宛如在梦中;右边,靠近远处的地平线,草原渐渐平坦;左边,则是雪白如波涛般的平野,击向落基山脉。那一整天,我们没有看见任何人、兽或鸟。"吉姆"大部分的时间沉默无语。就像所有真正的山之子那样,即使是暂时的离开都使他憔悴。

日落时我们抵达了一个聚集了一堆房子、名叫纳马夸的地方,却不高兴地听到我们要去的位于圣路易斯的小旅店今晚有舞会。我可以想见,到时候就没有可以私下静处的地方,没有宁静,无法安眠,只剩喝酒、喧哗,最糟的是"吉姆"可能会跟人起冲突,甚至会动用手枪。他还为另一个理由不自在。他说他前一晚做了个梦,那里会有舞会,他必须射死一个人以"表达不满"!日落后的最后三英里路冷不可挡,但是没有东西能比得上夕阳的光彩,以及夕阳下起伏草原上的白雪奇景。当我们到达圣路易斯一家名为"收留陌生人"的奇怪小旅店时,他们很客气,说是晚饭后,我们可以单独占据厨房。我发现了一个肥大、"滔滔不绝"、能干又忙碌的寡妇，十分矮壮，能够应付所有男人及所有的事情，还有一个与她同样艳丽的姐妹，蓬松的头发使她看起来头重脚轻。除此之外，厨房里有两个烦人的孩子，他们不停啼哭，一会儿又不停开关门板。除了炉边的一把椅子之外，没有可坐下的地方，炉上正煮着十人份的晚餐。那忙碌与喋喋不休是无法形容的，女房东问了一大堆的问题，似乎可以装满一整个房间。唯一的权宜之计是我可以睡在临时弄成的小房间里，与两名妇人和孩子挤在一起，而且还要等到午夜舞会结束后才能去睡；此外，除了厨房里的一个水盆外，也没有可梳洗的地方。用晚餐前，我一直坐在火炉边，习惯了埃斯特斯公园的宁静生活，这里的嘈杂声响弄得我疲惫万分。女房东急切地问，与我同来的男士是谁，她说外面的人说肯定是"落基山中的吉姆"，但她觉得肯定不是。当我告诉她那些人说得对时，她惊诧道："快告诉我！我想知道！那位安静、仁慈的男士！"她又说，以前当孩子们吵闹时，常常吓他们说："他会来抓他们，因为他每星期会下山来，抓一个孩子回去吃！"他能来到她的屋子使她引以为傲，好像他是美国总统，我也跟着受到尊敬！这区域的男人都聚在前面的房间，希望他出去抽烟；当他留在厨房时，不停有客人在窗边及走道上张望。孩子们爬到他膝上，让我安心的是他让他们保持安静，让他们玩他的鬈发，那两名妇人高兴极了，视线一直不肯离开他。终于，闻起来很糟的晚餐弄好了，十个静悄悄的男人进来狼吞虎咽，吃的时候眼睛一直盯住"吉姆"。吃完后，似乎没有希望

第十七封信　　211

得到安静，于是我们去了邮局，等邮票时，我看到了西部最美丽、最像女人用的房间，是一位看起来美丽又文雅的女子布置的。她来问我，与我在一起的男士是否就是"山中的吉姆"，才使我有机会看到那房间。她还说，这么一位彬彬有礼的男子，不可能做出别人加诸他身上的那些坏事。我们回来时，厨房静了许多。诚如女房东答应的，它在八点钟被收拾干净；我们可以单独用到十二点，不太听得见舞会的音乐声。那是很高贵的舞会，附近的拓荒者每两星期聚一次，大部分是结了婚的年轻夫妇，而且完全戒酒。我给你写了一下信，纽金特先生则抄他的诗篇《峡谷中》以及《没有桥的河》的后一段，后者他不停带着深深的感情朗诵。整个晚上安详又宁静。他念了几首他作的非常好的诗给我听，又告诉我更多他的生活。我知道没有人能像我，或愿意像我一样跟他说话，我最后一次敦促他改变生活，以戒酒开始。我甚至告诉他，我轻视一个像他那么有智慧的人成为那种生活的奴隶。"做这样的改变，太晚了！太晚了！"他总是这么回答。唉！太晚了！他默默流泪，"曾经可能有过一次。"他说。唉！曾经可能有过。除了他自己，他对每个人都很有判断力，我曾经见过他的温文、有礼、顾念别人，这些个性在男人中本就少见，更何况是在一个与西部粗俗男人有关联的人身上。当我看着他时，我感到前所未有的怜悯。我当时的想法是，我们那个"不只付出了自己的孩子，并把他给了我们所有的人"的在天上的父，会比他更令人怜悯吗？有这么一下子，似乎"自重"、"更好的期盼"，甚至"希望"都进入他黑暗的生活中；突然，他说他决心戒酒，改变他"亡命徒"的声誉。但是"太晚了"。不到十二点，舞会结束，我进到拥挤的小房间，小到一次只能有一个人站起来，一夜睡得安稳而甜蜜。女房东对她的"特殊客人"有很好的评语。"那位仁慈、安静的男士，山中的吉姆！啊，我永远记得！他是个极好的人！"

  昨天早上温度是零下二十度（约零下二十九摄氏度）。我想我从没见过如此明亮的天气。那种叫"落霜"的奇景出现了。空气中的湿气集聚成羽毛蕨叶般的形状，这美丽至极的小东西只有在空气稀薄又严寒的情形下才会发生。只需吹一口气，它们就会消失。空气中充满了肉眼能见的钻石般的亮晶体。它们似乎只会闪闪发光。天空无风无云，紫色的山脉罩上了蓝色的面纱，显得分外柔和。当格里利的篷车来到时，我在下峡谷遇到的佛德尔先生坐在上面。他曾表示他很想前往埃斯特斯公园，去找"山中的吉姆"一起打猎，因为那样会比较安全。他现在穿得像英国的花花公子，当我介绍他们两人认识时，他伸出戴了连指的柠檬黄孩童手套的手。狩猎人穿着古怪零乱的衣服站在一旁，他温文有礼的态度使这个天生粗卑的有钱"暴发户"大大松了一口气[①]。篷车缓缓离去，佛德尔先生有趣的喋喋不休，使我没有想到我在落基山中的生活就这么结束了；即使我看到在阳光下金发变成黄色调的"山中的吉姆"，带着他漂亮

[①] 这次的介绍真是非常不幸。这是招致纽金特先生突然死亡的一连串事情的第一个环节，由于这个人的调查（当被恐惧压倒时），使艾文斯射出了致命的一枪。——原注

的牡马，配备了我骑了八百英里的马鞍，慢慢踏上积雪的平野，回返埃斯特斯公园，我也没有意会到我在落基山中的山旅生涯已成过去！

在平野上走了几个小时，把我们带到了格里利，又几个小时之后，在蓝色的远方，落基山脉以及它环绕的一切，都消失在如海的草原之下。

附录一

伊莎贝拉·博德小传

> 寻找一个崭新的世界从未太迟,
> ……因为我的目的是——
> 在落日余晖的沐浴下向前航,
> 眼观那西方之星缓缓落下,直到死神攫住了我。
>
> ——英国诗人丁尼生

一八三一年 十月十五日生于英国约克郡巴勒布里奇厅的一个中产阶级家庭,排行老大,其下有一个妹妹亨丽埃塔。她三岁大时全家移居柴郡泰藤霍尔镇,在这里度过了愉快的童年时光,直到十一岁大时移居伯明翰。父亲爱德华·博德是一名牧师,其家族与有名的威尔伯福斯(英国博爱主义者,主张废奴)家族有亲戚关系。身为长女的她,成长于高尚、勤勉、受人尊敬的环境,可是由于健康状况一直不佳,大部分青少年时光都蜷缩在不同的阴冷牧师住宅的会客室中,忍受着初期脊背病痛及"神经衰弱症"的折磨。当时聪明高傲的女孩因苦于无法接受正规教育,又受到传统社交限制的压抑,普遍都患有神经衰弱这类的疾病。十八岁时,她甚至开了一次刀,取出生长在脊椎的一粒纤维瘤。那时,她最亲近的伴侣是妹妹亨丽埃塔,她拥有伊莎贝拉非常缺乏的传统"女性"恭敬、温顺、柔和的天生特质。

一八五四年 伊莎贝拉二十三岁,一位有见解的医生建议她做长途旅行,以疗养她的各种疾病,于是,她在一八五四年七月从利物浦出发,前往拜会住在加拿大爱德华王子岛的堂兄,带着父亲给的一百英镑,以及一份祝福,他希望她尽可能待久一些,直到身上的钱用光为止。这次旅行让她初尝自由的滋味。新鲜,加上横越大西洋的景观气势,立刻使她兴奋不已。她搭汽轮、坐火车,或搭马车穿越坑坑洞洞的道路,她往西旅行到魁北克、蒙特利尔、芝加哥和辛辛那提,之后回到新英格兰。第一本书《一个英国女人在美国》(*An Englishwoman in America*)以匿名出版,这本书显示她不但有能够发掘历险的趣味,也有生动描述这些旅程的写作能力。

然而,就在她旅归不久,试着像个英国上流社会妇人般过活时,她的健康状况又降到谷底,于是她的医生又开出到美国旅行的药方,这次她待了将近一年。她的父亲建议她在这期间调查一下美国宗教信仰复苏的情形,于是,从缅因州到肯塔基州到爱荷华州,她倾听了不下百来次的布道。然而,就在她于一八五八年回到英国后不久,她的"生活源泉和支柱"——她的父亲——去世了。为了遵循父亲的期望,伊莎贝拉在一八五九年出版了《美国的宗教生活》(*The Aspects of Reglion in the United States of America*)。

一八六〇年之后 父亲过世后,伊莎贝拉与母亲及妹妹亨丽埃塔往北搬到了爱丁堡,过着标准中产阶级温婉女性的生活,她仍然受着失眠、背痛及抑郁的折磨。一八六六年,她们的母亲去世了,自此姐妹俩发展出相互依赖的情感。随后,即使在当时受传统束缚的环境之下,伊莎贝拉也无法真正受制于那样的约束;她去了几趟苏格兰西北方荒芜的英属外海赫布里底群岛,写了几篇有关岛上佃农可怜景况的文章,使大众对这种情况产生同情,但这只是伊莎贝拉能力的牛刀小试。

一八六八年 七月十一日,伊莎贝拉三十七岁,她以"孤注一掷"的急切心情,带着身患重病的身体,前往与英国位置刚好相对的对峙地——澳洲。但她发现澳洲完全不合意,失望之余,立即又转往三明治群岛,在那儿,奇迹出现了:几乎是一抵达那青葱无拘的岛屿,她的疲乏、情绪低落、疼痛都立刻消失了。那个矮小、急躁严肃、病弱的牧师女儿,一下子脱胎换骨,变成了一个精力无穷、热情勇敢的旅者。那时,她在给亨丽埃塔的信中写道,她"恣意纵情"于"未开化的适意生活";她睡在当地人的茅屋里,与牧人一起去猎小牛,还成为有记载以来第二个登上莫纳罗亚火山的白种女人。这座火山有"太平洋的马特洪峰"之称,海拔四一六九米。

一八七三年秋天 这位脱胎换骨、重新点燃热情的女子,在离开檀香山后,于这年秋天来到了落基山区。当时,她停留得最久的科罗拉多,还是个不属于合众国的未开发地区,它的法律与铁路都还在创建之中,这块处女地上居住的是生活简陋、狂饮无度的拓荒者，他们刚由印第安人那儿夺过这块土地。伊莎贝拉落基山经验中的极致，也就是神圣的埃斯特斯公园，如今已是个观光客随时可以方便进出的游览区，当时却是个美丽绝伦、与世隔绝的处女地，使她迫不及待想对世人描述这片土地。至于那个几乎攫取她的心，独来独往的畜牧及毛皮商"落基山中的吉姆"及他那类的人，很快就会像潜行的山狮，在那块快速"现代化"的土地上绝迹了。

一八七五年 抱着成为第一流旅游书作者的信念，她的《在三明治群岛的六个月》(*Six Months in the Sandwich Isles*)出版了，距离她出版第一本书已十四年。这本书广受书评家赞赏，给了她着手撰写美国旅游随笔的勇气。

一八七八年 伊莎贝拉描写美国的旅游，首先在上流社会的周刊《休闲时刻》中连载，名为《落基山书札》(*Letters from the Rocky Mountains*)。第二年，集结成书，名为《山旅书札：一位女士在落基山脉的生涯》。由于书中对自然世界生动直率的叙述以及"朴素的记载"，得到大西洋两岸广泛的注意，《观察家》杂志声称"……比大部分小说都有意思"。

在由落基山探险回来并出了两本书之后，伊莎贝拉的健康因为"亲爱的故乡"的山水黯然无光而再度衰坏，于是她又一次逃向大自然——于一八七八年出发到日本北部的北海道，随后经新加坡前往马来半岛的土著区，这些旅程成就了《日本僻径》(*Unbeaten Tracks in Japan*, 1880)，以及内容丰富的《金色的半岛居民》(*The Golden Chersonese*, 1885)。

一八八〇年 伊莎贝拉遭遇了生命中最大的情感考验,她挚爱的妹妹亨丽埃塔因伤寒病逝。她写信给友人说,"她不只就这样走了——激发我生命的光与动力也随她而去了"。

一八八一年 想必是由于妹妹病逝打击的反弹,她在这件事发生后隔年结婚了,(穿着深色的丧服)嫁给一位长期的仰慕者约翰·比夏普医生。自此之后,伊莎贝拉扮演起受人尊敬的医生妻子的角色,可是有许多传言说,这种生活并不适合她,这可由当时一个恶意的说法看出:据说,比夏普太太打算去太平洋中的新几内亚旅行,可是后来打消了此意,因为那不是一个可以带男人去的地方!

一八八九年至一八九八年 这位仁慈、温雅的丈夫婚后只再活了五年。在他去世三年后的一八八九年,伊莎贝拉已将近六十岁,同时不再有任何情感及家庭牵绊,她独自出发到数个偏远的区域,进行了十分勇敢的探险。她骑上了阿拉伯马、牦牛、小山马,旅行至西藏西部及拉达克,横跨伊朗的沙漠及库尔德斯坦,深入朝鲜半岛隔绝的山区,还乘坐帆船及轿子,走过三千里中国最偏远的省份。一八九八年,她在万分不情愿的情形下,离开了远东。这些不寻常的探险旅程都记载在《波斯及库尔德斯坦之旅》(*Journeys in Persia and Kurdistan*, 1891)、《在西藏人中》(*Among the Tibetans*, 1894)、《朝鲜及其邻邦》(*Korea and Her Neighbours*, 1898),以及《深入扬子江河谷》(*The Yangtze Valley and Beyond*, 1899)。

一九〇一年 伊莎贝拉七十岁,她最后一次踏上勇敢的旅程，造访摩洛哥的亚特拉斯山区，骑着苏丹王送她的一匹黑牡马，一匹必须用梯子才上得去的高大黑牡马，探访北非柏柏尔人，完成了长达一千英里的骑程。

一九〇四年　尽管伊莎贝拉这马不停蹄的一生充满穷困与危险，她却是在爱丁堡家中的床上安详辞世，享年七十四岁。

身着蒙古装的伊莎贝拉·博德

附录二

地名对照表

A

Alma 阿尔玛（美国科罗拉多州）

Arkansas River 阿肯色河（美国科罗拉多州）

Arkansas valley 阿肯色谷（美国科罗拉多州）

B

Bear Canyon 大熊谷（美国科罗拉多州）

Bear Creek 大熊溪（美国科罗拉多州）

Bergen Park 伯根公园（美国科罗拉多州）

Big Thompson River 大汤普森河（美国科罗拉多州）

Big Thompson 大汤普森（美国科罗拉多州）

Black Canyon 黑峡谷（美国科罗拉多州）

Black Hawk 黑鹰城（美国科罗拉多州）

Boulder 博尔德（美国科罗拉多州）

Breckenridge Pass 布雷肯里奇隧道（美国科罗拉多州）

C

Cache-la-Poudre, River 卡什拉普德尔河（美国科罗拉多州）

Cape Horn 霍恩角（美国加利福尼亚州）

Central City 中央市（美国科罗拉多州）

Cheyenne 夏延镇（美国怀俄明州）

Clear Creek 清溪（美国科罗拉多州）

Colorado Springs 科罗拉多泉（美国科罗拉多州）

Continental Divide 北美洲大分水岭

Cornelian Bay 科尼利恩湾（美国加利福尼亚州）

D

Deer Creek 鹿溪（美国科罗拉多州）

Deer Valley 鹿谷（美国科罗拉多州）

Denver 丹佛（美国科罗拉多州）

Donner Lake 唐纳湖（美国加利福尼亚州）

E

Eisenau 艾森瑙（德国）

Elen Eyrie 艾伦幽谷（美国科罗拉多州）

Estes Park 埃斯特斯公园（美国科罗拉多州）

F

Fairplay 费尔普莱（美国科罗拉多州）

Fall river 福尔河（美国科罗拉多州）

Foot Hills 山麓小丘（美国科罗拉多州）

Fort Collins 科林斯堡（美国科罗拉多州）

Fort Laramie 拉勒米堡（美国怀俄明州）

Fountain river 方廷河（美国科罗拉多州）

G

Georgetown 乔治城（美国科罗拉多州）

Golden City 黄金市（美国科罗拉多州）

Gray's Peak 格雷峰（美国落基山脉）

Great Salt Lake 大盐湖（美国犹他州）

Greeley 格里利（美国科罗拉多州）

Green Lake 绿湖（美国科罗拉多州）

H

Hall's Gulch 霍尔深谷（美国科罗拉多州）

Hanalei 哈纳莱伊（夏威夷）

Hayden's Divide 海登分水岭（美国科罗拉多州）

Hilo 希洛（夏威夷）

Hualalai, Mt. 华拉莱山（夏威夷）

Humboldt 洪堡山脉（美国内华达州）

I

Idaho Springs 爱达荷泉（美国科罗拉多州）

K

Kansas 堪萨斯（美国堪萨斯州）

L

Longmount 朗蒙特（美国科罗拉多州）

Long's Peak 朗斯峰（美国落基山脉）

Lower Canyon 下峡谷（美国科罗拉多州）

M

Manitou 马尼图（美国科罗拉多州）

McGinn's Gulch 麦金深谷（美国科罗拉多州）

Missouri River 密苏里河（美国）

Montreal 蒙特利尔（美国威斯康星州）

Mount Lincoln 林肯山（美国落基山脉）

N

Namaqua 纳马夸（美国科罗拉多州）

O

Oakland 奥克兰（美国加利福尼亚州）

Ogden 奥格登（美国犹他州）

Oil Greek 油溪（美国科罗拉多州）

Ouse 乌兹河（英国）

P

Pike's Peak 派克峰（美国落基山脉）

Platte River 普拉特河（美国科罗拉多州）

Plum Creek 梅溪（美国科罗拉多州）

S

Sacramento Valley 萨克拉门托河谷（美国加利福尼亚州）

Sacramento 萨克拉门托市（美国加利福尼亚州）

San Francisco 旧金山（美国加利福尼亚州）

San Luis Park 圣路易公园（美国科罗拉多州）

Sherman 谢尔曼（美国怀俄明州）

Sierra Nevada 内华达山脉（美国加利福尼亚州和内华达州交界）

Spanish Peaks 西班牙峰（美国落基山脉）

Spirit Lake 灵湖（美国爱达荷州）

St. Louis 圣路易斯（美国科罗拉多州）

St. Vrain Canyon 圣佛兰峡谷（美国科罗拉多州）

St. Vrain Creek 圣佛兰溪（美国科罗拉多州）

Storm Peak 暴雨峰（美国落基山脉）

T

Tahoe, Lake 塔霍湖（美国加利福尼亚州和内华达州交界）

Tarryall Creek 塔里奥尔河（美国科罗拉多州）

Truckee river 特拉基河（美国加利福尼亚州和内华达州交界处）

Truckee 特拉基（美国加利福尼亚州）

Turkey Creek Canyon 火鸡溪峡谷（美国科罗拉多州）

Turkey Creek 火鸡溪（美国科罗拉多州）

Twin Rock 双岩（美国科罗拉多州）

U

Ute Pass 尤特隧道（美国科罗拉多州）

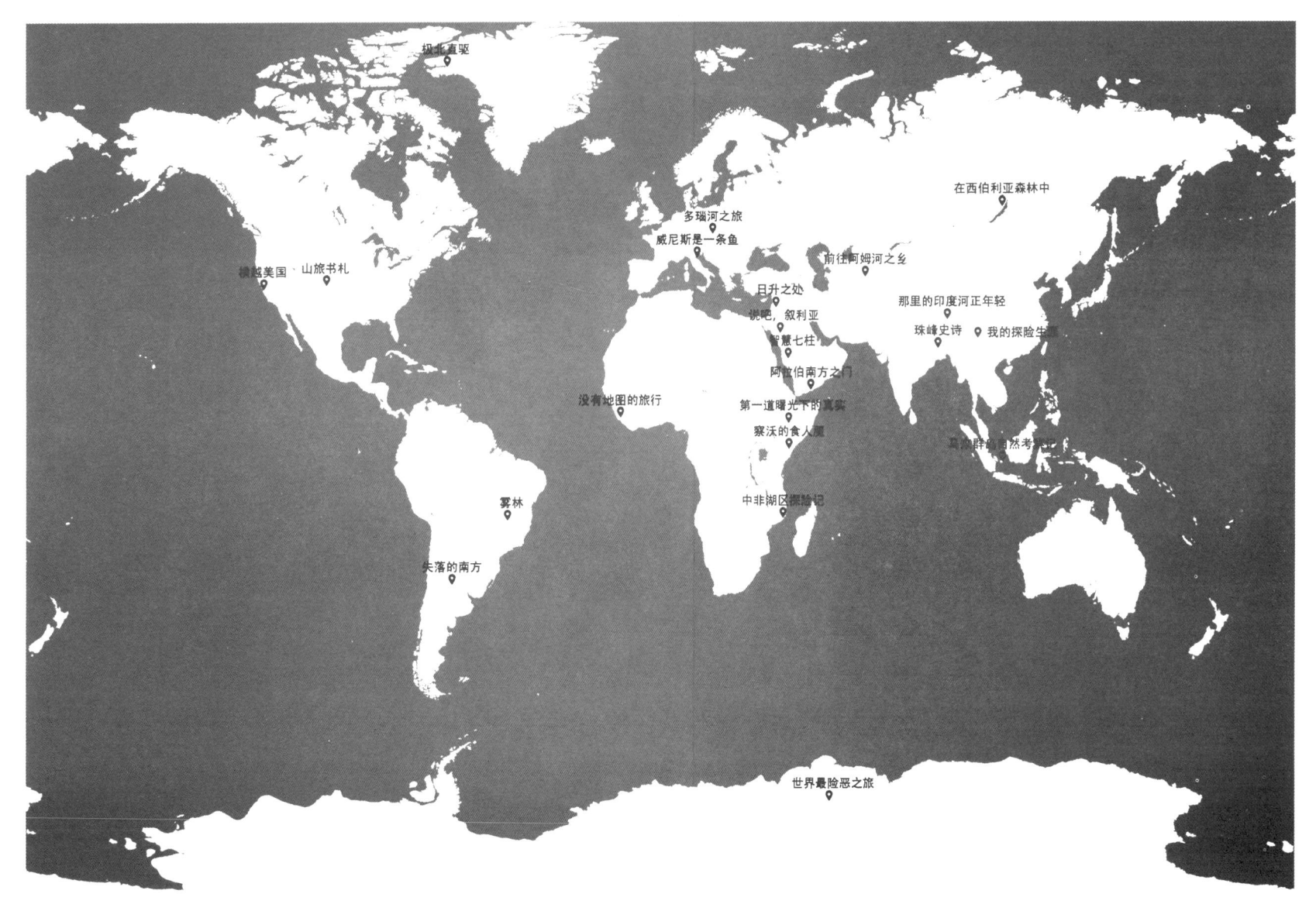

世界是一本书，不旅行的人只读了一页。

极北直驱	山旅书札	世界最险恶之旅
察沃的食人魔	墨西哥湾千里徒步行	智慧七柱
横越美国	没有地图的旅行	日升之处
马来群岛自然考察记	在西伯利亚森林中	那里的印度河正年轻
前往阿姆河之乡	失落的南方	我的探险生涯
中非湖区探险记	多瑙河之旅	雾林
阿拉伯南方之门	威尼斯是一条鱼	第一道曙光下的真实
珠峰史诗	说吧，叙利亚	